JAKOB VON GUNTEN

ROBERT WALSER

Jakob von Gunten

Um diário

Tradução
Sergio Tellaroli

2ª reimpressão

COMPANHIA DAS LETRAS

Edição autorizada pelo detentor de direitos, Fundação Robert Walser, Zurique.

Esta tradução contou com o apoio da Swiss Arts Council Pro Helvetia

fundação suíça para a cultura
prohelvetia

Grafia atualizada segundo o Acordo Ortográfico da Língua Portuguesa de 1990, que entrou em vigor no Brasil em 2009.

Título original
Jakob von Gunten: Ein Tagebuch

Capa
Victor Burton

Imagem de capa
Fotografia de Dirk Ingo Franke

Preparação
Márcia Copola

Revisão
Huendel Viana
Márcia Moura

Dados Internacionais de Catalogação na Publicação (CIP)
(Câmara Brasileira do Livro, SP, Brasil)

Walser, Robert, 1878-1956.
Jakob von Gunten : um diário / Robert Walser ; tradução Sergio Tellaroli. — São Paulo : Companhia das Letras, 2011.

Título original: Jakob von Gunten: Ein Tagebuch
ISBN 978-85-359-1820-5

1. Romance alemão I. Título.

11-01503 CDD-833

Índice para catálogo sistemático:
1. Romances : Literatura alemã 833

EDITORA SCHWARCZ LTDA.
Rua Bandeira Paulista, 702, cj. 32
04532-002 — São Paulo — SP
Telefone (11) 3707-3500
www.companhiadasletras.com.br
www.blogdacompanhia.com.br
facebook.com/companhiadasletras
instagram.com/companhiadasletras
twitter.com/cialetras

JAKOB VON GUNTEN

Aqui se aprende muito pouco, faltam professores, e nós, rapazes do Instituto Benjamenta, vamos dar em nada, ou seja, seremos, todos, coisa muito pequena e secundária em nossa vida futura. As aulas a que assistimos visam sobretudo a incul-car-nos paciência e obediência, duas qualidades que ensejam pouco ou mesmo nenhum sucesso. Sucessos interiores, sim. Mas o que se ganha com eles? Conquistas interiores porventura nos dão de comer? Eu gostaria muito de ser rico, andar por aí em caleches e gastar um bocado de dinheiro. Conversei sobre isso com Kraus, meu colega de instituto, mas ele só fez encolher os ombros com desdém, não se dignando dirigir-me sequer uma única palavra. Kraus é possuidor de princípios; firme na sela, cavalga a satisfação, montaria inadequada a quem deseja galopar. Tão logo cheguei aqui, ao Instituto Benjamenta, consegui transformar-me num enigma para mim mesmo. Também a mim contagiou certa satisfação, bastante curiosa e, no meu caso, inédita. Obedeço razoavelmente bem, não tão bem como Kraus, que é mestre em precipitar-se de cabeça ao encontro das ordens, pronto a servir. Num ponto, nós todos — Kraus, Schacht, Schilinski, Fuchs, o grandão do Peter, eu etc., alunos do Instituto Benjamenta — nos igualamos, a saber: em nossa total pobreza e dependência. Somos pequenos, pequenos até a insignificância. Quem quer que possua uma nota de um marco é já considerado um príncipe favorecido. Quem fuma cigarros, como eu, desperta preocupação em virtude do dinheiro que esbanja. Vestimos uniformes. Usar uniforme é algo que, a um só tempo, nos humilha e enobrece. Parecemos pessoas privadas de liberdade, o que talvez constitua humilhação, mas ficamos bem de uniforme, e isso nos distancia da vergonha profunda dos que andam por aí em trajes mais que próprios e no entanto sujos e esfarrapados. Para mim, por exemplo, vestir uniforme é muito agradável, porque nunca soube ao certo que roupa usar. Também nisso, porém, sou, por enquanto, um enigma para mim mesmo. Talvez abrigue um ser humano bastante vulgar. Ou talvez corra sangue aristocrático em minhas veias. Não sei. De uma coisa tenho certeza: no futuro, o que vou ser é um zero à esquerda, muito redondo e encantador. Na velhice, terei de servir a jovens grosseirões, arrogantes e mal-educados; do contrário, vou precisar mendigar para não perecer.

Na verdade, nós, discípulos ou pupilos, temos muito pouco que fazer, quase não nos dão tarefa nenhuma. Aprendemos de cor as regras que aqui vigem. Ou lemos o livro *O que pretende a Escola Benjamenta para rapazes*. Kraus, além disso, estuda francês por conta própria, porque línguas estrangeiras ou matérias semelhantes não integram nosso currículo. Temos uma única aula, que se repete sem cessar: "Como deve se comportar um rapaz". No fundo, nossa aula gira em torno dessa única questão. Conhecimentos, não nos transmitem. Como já disse, faltam professores, isto é, os senhores educadores e professores estão ou dormindo ou mortos; ou parecem estar mortos, ou petrificados — tanto faz, o fato é que não nos ensinam coisa nenhuma. Em lugar dos professores, que, por alguma razão singular, de fato parecem mortos ou cochilam, ensina-nos e nos governa uma jovem dama, a srta. Lisa Benjamenta, irmã do senhor diretor do instituto. Ela adentra a sala de aula trazendo na mão uma varinha branca. À sua chegada, levantamo-nos, e, tão logo ela tenha se acomodado, também nós podemos nos sentar. Peremptoriamente, ela bate com a varinha três vezes seguidas na borda da mesa, e a aula começa. Uma aula e tanto! Mas estaria mentindo se a caracterizasse como esdrúxula. Não, julgo digno de consideração o que a srta. Benjamenta nos ensina. É pouco, e repetimos constantemente o ensinamento, mas talvez haja algum segredo por trás de todas aquelas nulidades risíveis. Risíveis? Nós, alunos do Instituto Benjamenta, nunca sentimos vontade de rir. Nossos semblantes e nossas maneiras revestem-se de grande seriedade. Mesmo Schilinski, que afinal ainda é apenas uma criança, raras vezes ri. Kraus não ri nunca, ou, se levado a tanto, dá apenas uma risadinha, logo enfurecendo-se por ter se deixado levar a produzir som tão inteiramente contrário ao regulamento. De modo geral, não gostamos de rir, isto é, mal somos capazes de fazê-lo. Faltam-nos a alegria e a descontração necessárias. Engano-me? Deus sabe que, por vezes, toda esta minha estada aqui me parece um sonho incompreensível.

O mais jovem e o menor de nós todos, pupilos, é o Heinrich. Diante de uma tal criaturazinha, só se pode sentir uma ternura involuntária, desprovida de todo e qualquer pensamento. Quieto, ele se posta diante das vitrines dos comerciantes, fervoroso em sua contemplação de mercadorias e guloseimas. Depois, costuma entrar e comprar algum doce de uns poucos centavos. Ainda é de fato uma criança, mas já fala e se comporta como um adulto de boa conduta. Seus cabelos estão sempre irrepreensivelmente repartidos e penteados, o que, em mim, só pode despertar admiração, uma vez que sou bastante desmazelado nesse quesito tão importante. A voz dele é tão fina como o tenro chilrear dos pássaros. Quem passeia ou conversa com ele acaba por abraçá-lo sem nem se aperceber disso. É tão pequeno e, no entanto, sua postura é a de um coronel. Não tem caráter, porque ainda nem sabe o que é isso. Decerto, nunca refletiu sobre a vida, e para quê? É muito bem-comportado, solícito e gentil, sem, contudo, ter consciência disso. Heinrich é mesmo como um passarinho. Tudo nele se revela familiar e acolhedor. Quando ele nos dá a mão, é um pássaro que o faz; um pássaro é que caminha ou se posta daquela maneira. No Heinrich, tudo é inocência, paz e felicidade. Seu desejo, diz ele, é ser mensageiro de hotel. Mas isso, ele o diz sem desfazer-se em suspiros afetados, e, na verdade, o ofício de mensageiro é sem dúvida o mais correto e apropriado para ele. Sua graciosidade de conduta e sentimento anseia por algo, e vejam: ela se mostra acertada naquilo que almeja. Por que experiências Heinrich passará? Que experiências e que conhecimentos, aliás, ousarão acercar-se desse menino? Não se envergonharão as amargas decepções de afligi-lo, a ele, uma criatura tão delicada? De resto, noto que Heinrich é um pouco frio; não há nada de tempestuoso ou desafiador nele. É mesmo possível que nem se dê conta das muitas e muitas coisas que poderiam abatê-lo, ou que nem sinta tudo aquilo que poderia roubar-lhe a tranquilidade. Quem é que sabe se tenho ou não razão? De todo modo, gosto muitíssimo de fazer estas observações. Heinrich é, até certo ponto, incompreensível. Essa é sua sorte, uma sorte que cumpre a todos conceder-lhe. Fosse ele um príncipe, eu seria o primeiro a dobrar os joelhos e reverenciá-lo. Pena.

Que tolo foi meu comportamento ao chegar aqui. Indignei-me, antes de mais nada, com a pobreza da escadaria. Trata-se, afinal, da escada de acesso ao instituto, comum, nas cidades grandes, a toda edificação com entrada por um pátio interno. Depois, toquei a campainha, e uma criatura simiesca abriu-me a porta. Era Kraus. Naquele momento, tomei-o simplesmente por um macaco, ao passo que hoje o tenho em alta conta, já em razão da mera singularidade pessoal que o adorna. Perguntei se podia falar com o sr. Benjamenta. Kraus respondeu: "Perfeitamente, meu senhor", e fez a seguir uma profunda e tola reverência. Já essa reverência me infundiu medo sinistro; de imediato, disse a mim mesmo que alguma coisa estava errada ali. E, a partir de então, passei a ver o Instituto Benjamenta como um engodo. Entrei na sala do diretor. Tenho dificuldade em conter o riso quando me lembro da cena que se seguiu. O sr. Benjamenta perguntou o que eu desejava. Expliquei-lhe timidamente que queria ser seu aluno. Ele, então, silenciou, pondo-se a ler jornais. O escritório, o senhor diretor, o macaco que o precedera, a porta, aquele silêncio e o exame dos jornais — tudo aquilo me pareceu muitíssimo suspeito e ominoso. De repente, perguntaram-me por meu nome e origem. Julguei-me perdido, porque senti de súbito que nunca mais sairia dali. Balbuciei a informação solicitada e ousei até mesmo enfatizar que provinha de ótima família. Entre outras coisas, disse que meu pai era membro do parlamento cantonal e que me afastara dele por receio de ser sufocado por sua grandeza. De novo, o diretor silenciou por algum tempo. Meu medo de ser ludibriado atingiu seu grau máximo. Aventei até mesmo a possibilidade de um assassinato secreto, um lento estrangulamento. Foi então que, com voz soberana, o diretor perguntou se eu trazia dinheiro comigo, e respondi que sim. "Então dê aqui. Vamos!", ordenou ele, e o curioso foi que obedeci de pronto, embora lamentasse profundamente. Já não tinha dúvida de que havia caído nas mãos de um ladrão, de um vigarista, e, no entanto, obediente, paguei a escola. Como me parece ridículo hoje aquilo que senti outrora. Embolsado o dinheiro, fez-se novo silêncio. Muni-me, então, de coragem heroica para, ainda que com timidez, solicitar um recibo, mas obtive apenas a seguinte resposta: "Malandros como você não têm direito a recibo". Eu estava já à beira de um desmaio, quando o diretor fez soar uma campainha. De imediato, precipitou-se sala adentro o símio tolo, Kraus. Símio tolo? Não, de modo algum. Kraus é uma criatura adorável. Adorável. Faltava-me apenas compreensão suficiente para entender isso na época. "Este é Jakob, o novo aluno. Leve-o para a sala de aula." Mal o diretor havia dito essas palavras, já Kraus me agarrou e arrastou para a presença da professora. Como se é infantil quando se tem medo. Não há comportamento pior que aquele ditado pela desconfiança e pela ignorância. Assim foi que me tornei pupilo do Instituto Benjamenta.

Schacht, meu colega de escola, é uma criatura estranha. Sonha em tornar-se músico. Conta-me que, graças a seu poder de imaginação, toca violino esplendidamente, e, quando contemplo suas mãos, acredito nisso. Ele gosta de rir, mas, depois, mergulha de repente em lânguida melancolia, o que combina à perfeição tanto com seu semblante como com sua postura corporal. Schacht tem o rosto bem branco e mãos longas e delgadas, expressão de um sofrimento inominado da alma. Embora de constituição frágil, é uma pessoa agitada: é-lhe difícil parar quieto, seja de pé ou sentado. Parece uma menina adoentada e teimosa, além do que se amua com facilidade, o que o faz assemelhar-se ainda mais a uma menininha um tanto mal-educada. Nós, ele e eu, costumamos nos deitar na cama em meu quarto, vestidos, sem tirar os sapatos, para fumar cigarros, o que é contra o regulamento. Schacht gosta de infringi-lo, e meu gosto por tais infrações, falando com franqueza, infelizmente não é menor que o dele. Deitados na cama, contamos histórias inteiras um ao outro, histórias da vida, isto é, de coisas que vivemos de fato, mas gostamos ainda mais de contar histórias inventadas, cujos fatos tiramos do nada. Aí, então, parece que tudo ressoa baixinho à nossa volta, subindo e descendo as paredes. O quarto estreito e escuro se amplia, aparecem ruas, salões, cidades, castelos, pessoas e paisagens desconhecidas; ouvem-se trovões, sussurros, conversas, choro, e assim por diante. É gostoso conversar com esse Schacht sonhador. Ele parece entender tudo que lhe é dito e, de tempos em tempos, diz também coisas importantes. Além do mais, queixa-se com frequência, e isso eu adoro numa conversa. Gosto de ouvir queixas. Porque aí se pode contemplar o interlocutor e sentir sincera e profunda compaixão por ele, e Schacht tem algo que de fato desperta compaixão, mesmo quando não fala de coisas tristes. Se existe uma insatisfação refinada, ou seja, um anseio por algo belo e elevado, e se essa insatisfação habita algum ser humano, então foi em Schacht que ela se instalou. Ele tem alma. Talvez seja possuidor de uma natureza artística, quem é que sabe? O fato é que me confidenciou estar doente e, como se trata de enfermidade não muito respeitável, pediu segredo, encarecidamente; dei-lhe, é claro, minha palavra de honra, com o intuito de tranquilizá-lo. Depois, pedi a ele que me mostrasse onde estava doente, o que o deixou um tanto bravo e o fez virar-se para a parede. "Você não tem um pingo de vergonha", disse. É comum ficarmos assim, deitados sem dizer palavra. Uma ocasião, ousei tomar-lhe a mão suavemente, mas ele a recolheu, censurando-me: "Que tolice é essa? Me solte!". Schacht prefere a minha companhia; isso não é coisa que eu perceba claramente, mas nesses assuntos nem é necessário ter clareza. Eu gosto muitíssimo dele e o vejo como alguém que enriquece minha vida. É claro que isso nunca lhe digo. Conversamos tolices e, muitas vezes, assuntos sérios também, mas evitamos palavras solenes. Belas palavras são assaz entediantes. Bem, baseado nesses meus encontros com Schacht em meu quarto, sou levado a observar que nós, pupilos do Instituto Benjamenta, estamos fadados a um estranho ócio que não raro se estende por metade do dia. Estamos sempre acocorados, sentados, de pé ou deitados em alguma parte. Para nosso divertimento, Schacht e eu com frequência acendemos velas, o que é terminantemente proibido. E é por isso mesmo que nos diverte fazê-lo. Regulamento ou não, o fato é que velas a arder são tão bonitas, tão misteriosas. E que aspecto adquire o semblante de meu colega, quando a flâmula avermelhada lhe ilumina delicadamente o rosto. Velas acesas me fazem sentir um homem rico: no momento seguinte, sempre chega o criado e me estende o casaco de peles. É um absurdo, mas esse absurdo tem uma boca bonita e sorri. Na realidade, o semblante de Schacht tem traços grosseiros, mas a palidez que se espraia por seu rosto os torna mais refinados. O nariz é grande demais, assim como as orelhas; a boca, apertada. Às vezes, quando o vejo dessa maneira, o que me parece é que, um dia, ele vai acabar se dando muito mal. Como eu adoro pessoas assim, que despertam impressão melancólica. Será isso amor fraterno? Sim, pode ser.

No meu primeiro dia, melindrei-me em excesso, comportei-me como um filhinho de mamãe. Mostraram-me o quarto onde eu haveria de dormir na companhia de outros — isto é, com Kraus, Schacht e Schilinski, como o quarto membro da turma, por assim dizer. Estavam todos presentes: os colegas, o senhor diretor, que me observava com um olhar raivoso, a senhorita. Foi quando simplesmente me atirei aos pés da moça, exclamando: "Não, dormir neste quarto é impossível para mim! Não posso respirar. Prefiro passar a noite na rua!". Eu falava abraçado com firmeza às pernas da jovem dama. Parecendo aborrecida, ela ordenou que me levantasse. Respondi: "Daqui não me levanto até que a senhorita prometa destinar-me um quarto digno, onde eu possa dormir. Eu lhe peço, senhorita, suplico: ponha-me em outro lugar. Por mim, pode até ser num buraco, mas aqui, não. Aqui, não posso viver. Não é meu desejo ofender os colegas e, se já o fiz, me perdoem, mas ser o quarto onde já há três, e ainda por cima num cômodo tão apertado? Não posso. Por favor, senhorita...". Ela já principiava a sorrir, percebi-o, e, por isso, acrescentei a toda a pressa, aninhando-me a ela com força ainda maior: "Quero ser um bom menino, eu juro. Vou me antecipar a todas as ordens da senhorita, que nunca, jamais, haverá de se queixar do meu comportamento". A srta. Benjamenta perguntou: "Tem certeza? Jamais terei motivo para queixas?". "Não terá, senhorita, com certeza não", assegurei-lhe. Ela trocou um olhar significativo com o irmão, o senhor diretor, e, voltando-se para mim, disse: "Antes de mais nada, levante-se do chão, ora! Quanta súplica, quanta promessa! Venha comigo. Por mim, você pode dormir em outro lugar". E conduziu-me a seguir ao cômodo que hoje é o meu, mostrando-o e perguntando: "Este quarto está bom?". Tive ainda o descaramento de dizer: "É apertado demais. Em casa, as janelas tinham cortinas. E o sol brilhava nos aposentos. Aqui, só vejo uma cama estreita e um lavatório. Em minha casa, os quartos possuíam mobília completa. Mas não fique brava comigo, srta. Benjamenta. Eu gosto deste quarto, e lhe agradeço. Lá em casa, era tudo mais refinado, simpático e elegante, mas aqui está bom também. Perdoe-me importuná-la com essas comparações e com sabe-se lá o que mais. Acho este quarto muito, muito encantador. É verdade que a janela na parede, lá em cima, mal pode ser chamada de janela. E o aspecto geral é, decerto, o de um buraco para ratos ou cães. Mas eu gosto, e é um descaramento e uma ingratidão de minha parte falar assim, não é mesmo? Talvez o melhor fosse a senhorita privar-me deste quarto de que gosto tanto e ordenar com rigor que eu vá dormir na companhia dos outros. Meus colegas com certeza se sentem bastante ofendidos. E a senhorita está brava, eu posso ver. Muito me entristece que seja assim". Ao que ela respondeu: "Você é um tolo. Agora, cale-se". Mas ela sorriu. Que tolice foi aquilo tudo, logo em meu primeiro dia. Senti vergonha na época, e sinto vergonha até hoje ao lembrar como fui inconveniente. Tive um sono agitado naquela primeira noite. Sonhei com a professora. E, no que se refere ao quarto, hoje me daria por plenamente satisfeito se tivesse de compartilhá-lo com mais uma ou duas pessoas. A timidez sempre conduz às raias da loucura.

O sr. Benjamenta é um gigante, e nós, pupilos, somos anões diante desse gigante sempre um tanto rabugento. Como condutor e soberano de uma turba de criaturas tão minúsculas e desimportantes como a que formamos nós, os rapazes, é natural que se veja condenado ao enfado, uma vez que suas forças são muito superiores à tarefa que lhe cabe desempenhar, ou seja, a de nos governar. Não, o sr. Benjamenta é capaz de muito mais. Diante de exercício tão minúsculo como é o de nos educar, um tamanho Hércules só pode mesmo adormecer, isto é, pôr-se a ler seus jornais entre cismas e resmungos. No que, afinal, pensava esse homem quando decidiu fundar o instituto? Em certo sentido, ele me causa dor, e esse sentimento eleva ainda mais o respeito que tenho por ele. De resto, aconteceu entre nós, no início da minha estada aqui — creio que na manhã do segundo dia —, uma cena menor mas bastante acalorada. Fui até seu escritório, no entanto não cheguei a abrir a boca. "Saia daqui e veja se consegue entrar de novo nesta sala, só que como um homem decente", disse ele, severo. Eu saí e, em seguida, bati na porta, do que havia me esquecido por completo na primeira tentativa. "Entre", ouvi. Entrei. "Cadê a reverência? E o que se deve dizer ao entrar em minha sala?" Eu me curvei e, em tom lastimoso, saudei-o: "Bom dia, senhor diretor". Hoje, estou tão bem domesticado que esse "Bom dia, senhor diretor" simplesmente salta de minha boca. Naquela época, detestava esse tipo de comportamento, cortês e submisso; é que eu pouco sabia. Aquilo que antigamente se me afigurava ridículo e estúpido, hoje me parece apropriado e belo. "Palavras vazias, seu pilantra!", exclamou o sr. Benjamenta. Precisei repetir cinco vezes o cumprimento: "Bom dia, senhor diretor". Só depois disso ele perguntou o que eu queria. Já furioso, eu lhe disse: "Aqui não se aprende nada, não quero mais ficar neste lugar. Por favor, devolva-me o dinheiro, e eu vou para o inferno. Onde estão os professores? Isto aqui tem um currículo, um conceito? Não tem coisa nenhuma. Quero ir embora. Ninguém, seja quem for, vai me impedir de abandonar este lugar de trevas e obscurantismo. Afinal, venho de família muito boa para me deixar importunar e emburrecer pelas regras tolas do senhor. É verdade que não quero, de jeito nenhum, voltar correndo para pai e mãe: vou para a rua, me deixar vender como escravo. Isso não vai prejudicar ninguém". Pronto: eu havia dito o que pensava. Hoje, quase me dobro de rir ao relembrar esse comportamento tolo. Na época, porém, eu falava sério, muito sério. Mas o senhor diretor se calou. Eu estava prestes a lhe dirigir algum insulto, quando ele, calmo, comunicou-me: "Uma vez pagas, somas em dinheiro não são restituídas. Quanto a sua tola opinião de que não vai aprender nada aqui, está enganado, porque pode aprender, sim. Antes de mais nada, aprenda a conhecer o que está à sua volta. Seus colegas valem ao menos uma tentativa de sua parte de conhecê-los. Fale com eles. Eu aconselho você a se manter calmo, bem calmo". Esse "bem calmo", ele o pronunciou como se mergulhado num pensamento que nem sequer me dizia respeito. Disse-o de olhos fechados, como se desejasse dar-me a entender com que bondade, com que suavidade me aconselhava. Forneceu-me provas nítidas de que, em pensamento, não estava mais ali, e tornou a silenciar. O que eu podia fazer? O sr. Benjamenta retornara à leitura dos jornais. Para mim, era como se, de longe, uma pavorosa e incompreensível tempestade me ameaçasse. Fiz uma profunda reverência, quase até o chão, ante a criatura que já não me dedicava atenção nenhuma; murmurei um "*Adieu*, senhor diretor", como determina o regulamento, bati os calcanhares um contra o outro, dei meia-volta — ou melhor, não, procurei com as mãos a maçaneta da porta, sempre fitando o rosto do senhor diretor, e, sem me voltar, esgueirei-me porta afora. Assim terminou minha tentativa de fazer uma revolução. Desde então, semelhantes cenas de desobediência não tornaram a acontecer. E, Deus do céu, apanhar, já apanhei. Ele me bateu — ele, a quem atribuo um coração verdadeiramente grande. E não dei um pio, nem piscar pisquei, não me senti nem sequer ofendido. Aquilo apenas me doeu, e não por minha causa, mas por ele, pelo senhor diretor. Na verdade, penso sempre nele, ou nos dois, nele e na senhorita, vivendo sua vida conosco, os rapazes. Que fazem lá dentro, em sua casa? Do que se ocupam? São pobres? Os Benjamenta são pobres? Aqui existem "aposentos interiores". Até hoje, nunca estive neles. Kraus, preferido por ser tão leal, decerto já esteve lá. Mas Kraus se recusa a dar qualquer informação sobre a casa do diretor. Quando o interrogo sobre o assunto, ele só fica me olhando em silêncio. Ah, sim, Kraus sabe fazer silêncio de verdade. Fosse eu um senhor de posses, contrataria de imediato os serviços dele. Mas talvez consiga algum dia penetrar nesses aposentos interiores. Nesse dia, o que meus olhos verão? Nada de especial, talvez? Ah, não, não creio. Sei que aqui, em algum lugar, há coisas extraordinárias.

Certo é que falta natureza a este lugar. Estamos, afinal, numa cidade grande. Em casa, tínhamos toda sorte de paisagens, próximas e distantes. Creio que, volta e meia, eu ouvia o chilrear de pássaros canoros pelas ruas. As fontes estavam sempre a murmurar. Majestosa, a montanha coberta de bosques mirava a cidade asseada, lá embaixo. No lago próximo, as pessoas passeavam de gôndola à tardezinha. Rochas e florestas, colinas e campos estavam a poucos passos de distância. Vozes e aromas eram presença constante. E as ruas da cidade pareciam caminhos num parque, de tão suaves e limpas. Simpáticas casinhas brancas espiavam marotamente por entre verdes jardins. Viam-se damas conhecidas, como, por exemplo, a sra. Haag, passeando pelo parque, do outro lado da grade. Decerto, é uma idiotice, mas a natureza, a montanha, o lago, o rio, a cachoeira espumante, o verde, todo tipo de canto ou som, tudo isso estava tão perto. Caminhar era como passear no céu, porque céu azul era o que se via por toda parte. E, em qualquer ponto, se podia parar, deitar de pronto no chão e sonhar em silêncio olhando para o alto, porque o chão era coberto de grama ou musgo. Fora os abetos, com seu odor delicioso, infundindo energia com seu perfume. Será que nunca mais verei um pinheiro montanhês? De resto, não seria nenhuma desgraça. Privar-se de alguma coisa também tem seu perfume e sua energia. Nossa casa de parlamentar cantonal não tinha jardim, mas tudo que nos circundava era um parque bonito, limpo e doce. Não ouso acreditar que seja saudade o que sinto. Besteira. Aqui também é bonito.

Embora eu mal tenha o que aparar, de tempos em tempos vou ao barbeiro cortar os cabelos, apenas pelo prazer de passear pelas ruas. O ajudante me pergunta se sou sueco. Americano? Também não. Russo? O quê, então? Adoro responder com um silêncio de ferro a essas perguntas de coloração nacionalista, deixando no escuro os que perguntam por meus sentimentos pátrios. Ou então minto e declaro ser dinamarquês. Há certo tipo de honestidade que só faz nos machucar e entediar. Às vezes, o sol brilha loucamente pelas ruas animadas. Outras vezes, é a chuva que cai e cobre tudo, o que também muito me agrada, muito mesmo. As pessoas são simpáticas, embora de quando em quando eu aja com inominável insolência. Durante a hora do almoço, com frequência me sento à toa num banco. As árvores no parque não exibem cor nenhuma. As folhas pendem feito chumbo, desprovidas de naturalidade. É como se, por vezes, todas as coisas se constituíssem de lata e de um ferro fino. Depois, a chuva torna a cair e molha tudo. Guarda-chuvas se abrem, coches rolam pelo asfalto, pessoas se apressam, as moças erguem a saia. Há algo de singularmente familiar na visão das pernas sobressaindo da saia. Uma perna feminina debaixo de uma meia esticada é coisa que nunca se vê, e, de repente, ali está. Os sapatos colam-se com tanta beleza à forma dos pés, belos e macios. E o sol volta a brilhar. Um vento sopra, e pensamos na casa da gente. Sim, eu penso em minha mãe. Ela vai chorar. Por que nunca lhe escrevo? Não entendo, é incompreensível e, no entanto, não consigo me decidir a escrever. É isto: não gosto de dar informações. Acho muito idiota. Uma pena. Não deveria ter pais que me amam. Não gosto nem um pouco de ser amado e desejado. Que se acostumem a não ter mais filho.

Prestar um serviço a alguém que não conhecemos, que pouco nos importa, é encantador, coisa que nos descortina paraísos envoltos em névoa divina. Além do mais, no fundo, todas as pessoas, ou pelo menos quase todas, importam-nos um pouco. Aqueles que agora passam por mim me importam em alguma medida, isso é certo. De resto, trata-se, no fim das contas, de uma questão pessoal. Caminho ao sol que brilha e, de súbito, vejo um cãozinho ganir a meus pés. De imediato, noto que o animalzinho de estimação prendeu as patas na própria focinheira. Não consegue mais andar. Eu me agacho, e pronto: está remediada a grande desgraça. Em seguida, chega a dona do cachorrinho. Ela vê o que se passa e me agradece. Cumprimento-a brevemente, erguendo o chapéu, e sigo meu caminho. Ah, lá atrás, ela com certeza está pensando que ainda existem rapazes bem-educados neste mundo. Pois bem, acabo de prestar um serviço a todos os jovens rapazes. E como se riu a mulher, de resto nada bonita. "Obrigada, meu senhor." Transformou-me até em senhor. Sim, quando sabemos nos comportar, somos senhores. E agradecer a alguém significa ter respeito por esse alguém. Quem sorri é belo. Toda mulher merece um galanteio. Toda mulher possui certa medida de refinamento. Já vi lavadeiras caminhando como rainhas. Tudo isso é engraçado, muito engraçado. Mas como brilhava o sol, e como fugi dali! Corri na direção do grande armazém. Estou indo tirar fotografia. O sr. Benjamenta quer uma fotografia minha. Depois, preciso redigir um breve currículo, fiel à verdade. Para tanto, preciso de papel. O que me proporcionará o prazer adicional de entrar numa papelaria.

O colega Schilinski é de origem polonesa. Fala um alemão gracioso e capenga. Tudo que é estrangeiro soa nobre, não sei por quê. O grande orgulho de Schilinski é o alfinete de gravata que conseguiu comprar e que se acende por meio de eletricidade. Aliás, ele gosta de acender palitos de fósforo também, quero dizer, adora fazê-lo. Seus sapatos sempre reluzem, de tão limpos. É curiosa a quantidade de vezes que ele pode ser visto limpando o terno, engraxando as botas ou escovando o boné. Schilinski gosta de contemplar-se num espelhinho barato, de bolso. De resto, todos nós, alunos do Instituto Benjamenta, possuímos espelhos de bolso, embora, na verdade, mal saibamos o que seja de fato a vaidade. Schilinski tem uma figura esbelta, um rosto muito bonito e cabelos encaracolados, que não se cansa de tratar e pentear ao longo do dia. Quer ter um cavalinho, diz. Escovar um cavalo, limpá-lo e sair a passear com ele é seu sonho preferido. Assaz parcos são seus dotes intelectuais. Sua perspicácia é nenhuma e, em se tratando dele, não há como falar em sensibilidade ou coisa do gênero. E, no entanto, não é burro, absolutamente; limitado, talvez, mas não gosto de empregar essa palavra quando penso em meus colegas de escola. Que eu seja o mais inteligente de todos nem é feito, talvez, que proporcione grande satisfação. De que adiantam pensamentos e ideias quando se tem, como eu, a sensação de não saber o que fazer com eles? Pois então. Não, não, quero, sim, tentar ver as coisas com clareza, mas não devo engrandecer-me, nunca, jamais me sentir superior aos que me cercam. Schilinski terá sorte na vida. As mulheres lhe darão preferência, é o que sua aparência indica: que ele será o futuro queridinho das mulheres. No rosto e nas mãos, sua tez amorenada mas branca sugere algo de nobre, e os olhos ostentam a timidez de uma corça. São olhos encantadores. Todo o seu ser lhe dá ares de um jovem fidalgo do campo. Seu comportamento sugere um proprietário rural cuja formação humana, graciosa e vigorosa, é produzida pela confluência do urbano e do campesino, de fineza e grosseria. Schilinski gosta muito de caminhar à toa e perambula com prazer pelas ruas mais movimentadas, no que por vezes lhe faço companhia, para o horror de Kraus, que detesta, persegue e despreza o ócio. "Vocês dois foram se divertir de novo, hein?", recebe-nos ele, quando voltamos para casa. De Kraus, vou precisar falar bastante. De nós todos, pupilos, é o mais honrado e trabalhador, e dedicação e honradez são domínios tão inesgotáveis, tão incomensuráveis. Nada me agita mais profundamente que a visão e o odor da bondade e da probidade. O sentimento das coisas vis e más logo se esgota, mas compreender o valoroso e o nobre é tão difícil quanto atraente. Não, os vícios me interessam muito, muito menos que as virtudes. Agora, tenho de descrever Kraus, e fazê-lo me dá medo. Melindres? Desde quando? Espero que não.

No momento, vou todo dia ao armazém, perguntar se minhas fotografias ficam prontas logo. Posso pegar o elevador e subir até o último andar. Infelizmente, gosto de fazê-lo, e isso é algo que combina com minhas muitas leviandades. Quando ando de elevador, sinto-me produto do meu tempo. Será assim também com as outras pessoas? O currículo, ainda não redigi. Precisar dizer a pura verdade sobre meu passado é coisa que incomoda. A cada dia que passa, Kraus olha para mim com expressão crescente de censura. O que acho encantador. Gosto de ver pessoas adoráveis um pouco raivosas. Nada me agrada mais do que transmitir uma imagem inteiramente falsa de mim mesmo àqueles que guardo no coração. Talvez seja injusto, mas é ousado e, portanto, apropriado. É verdade que, no meu caso, esse comportamento é um pouco doentio. Eu, por exemplo, acho de uma beleza indizível morrer tendo na consciência o peso de haver ofendido e impregnado de opiniões ruins a meu respeito aqueles que mais amo neste mundo. Isso ninguém saberá entender, a não ser os capazes de sentir um calafrio de beleza na prática da teimosia, em ser do contra. Morrer miseravelmente por causa de uma má-criação, de uma tolice? Será isso algo digno de almejar? Não, claro que não. Mas essas coisas todas são apenas tolices do tipo mais grosseiro. Ocorre-me um pensamento e, não sei por que motivo, vejo-me obrigado a expressá-lo. Uma semana atrás, ou um pouco mais, eu tinha ainda dez marcos em meu poder. Agora, os dez marcos se foram. Um dia, entrei num restaurante servido por damas. Senti uma atração irresistível para entrar ali. Uma moça logo saltou em minha direção e insistiu em que me acomodasse no divã. Podia bem imaginar mais ou menos de que forma aquilo acabaria. Resisti, mas sem nenhum entusiasmo. Era-me indiferente, e, no entanto, não era. Propiciava-me prazer sem igual bancar o cavalheiro refinado e altivo diante dela. Estávamos a sós, e pusemo-nos a fazer as mais deliciosas tolices. Bebíamos. A todo momento, ela ia ao balcão em busca de mais bebidas. Mostrou-me sua encantadora cinta-liga, que acariciei com os lábios. Ah, como somos tolos. Volta e meia ela se levantava e retornava com outra bebida. E com que rapidez. Queria mesmo, o mais depressa possível, faturar bela soma em dinheiro com o garoto bobo. Eu percebi com toda a clareza, mas agradava-me que ela me tivesse por bobo. Que singular depravação: alegrar-se em segredo com a possibilidade de perceber que se está sendo surrupiado. Mas como me parecia encantador. À nossa volta, tudo fenecia ao som acariciante de uma flauta. A moça era polonesa, esbelta, insinuante e encantadoramente pecaminosa. Pensei: "Lá se vão meus dez marcos". Então a beijei. E ela perguntou: "Quem é você, afinal? Se comporta como um nobre". Eu não me cansava de aspirar o perfume que exalava dela. O que ela notou e julgou distinto. De fato: que tipo de vigarista se é se, incapaz de sentir beleza ou amor, se vai a lugares onde apenas o encantamento pode escusar a obra da devassidão? Menti. Disse-lhe que era estribeiro. Ela reagiu: "Ah, não é, não. Tem modos refinados demais. Me dá bom-dia". E eu fiz o que, em estabelecimentos como aquele, as pessoas chamam "dar bom-dia"; isto é, ela explicou, sorrindo, brincando e me beijando, o que significava aquilo, e foi o que fiz em seguida. Um minuto mais tarde, eu estava na rua naquele começo de noite, sem um único centavo no bolso. Por que pensei nisso agora? Não sei. O que sei é que preciso conseguir de novo algum dinheiro. Mas como?

* * *

Quase toda manhã, bem cedinho, tem início entre mim e Kraus uma discussão sussurrada. Ele sempre acredita ser seu dever incitar-me ao trabalho. Talvez nem constitua equívoco de sua parte supor que não gosto de acordar cedo. É claro que me levanto de bom grado, mas é fato também que acho delicioso permanecer na cama um pouco mais do que deveria. A interdição de certas coisas é por vezes tão encantadora que não se tem como não fazê-las. É por isso que todo tipo de obrigação me é cara: porque nos possibilita a alegria da transgressão. Se não houvesse nenhum mandamento neste mundo, nenhuma obrigação, eu morreria, pereceria de inanição, me estropiaria de tédio. Que me incitem, pois, que me obriguem e tutelem. Acho absolutamente adorável. No fim, quem decide sou eu, e ninguém mais. Sempre enfureço um pouquinho a testa enrugada da lei; depois, trato de acalmá-la. Kraus é o representante de todas as leis vigentes aqui, no Instituto Benjamenta; consequentemente, vivo desafiando para a luta o melhor entre todos os colegas. Adoro uma briguinha. Cairia doente se não pudesse brigar com alguém, e Kraus é perfeito como oponente, uma pessoa encantadora para se irritar. Tem sempre razão: "Levante-se de uma vez por todas, criatura preguiçosa!". Eu, de minha parte, estou sempre errado. "Está bem, está bem. Tenha paciência, já vou." O errado é insolente o bastante para pedir paciência a quem está com a razão. Ter razão enfurece; não tê-la sempre nos reveste de uma serenidade orgulhosa, frívola. Todo aquele que quer o bem apaixonadamente (Kraus) sucumbe sempre ao que não guarda com especial carinho no coração o bom e o proveitoso (ou seja, eu). Triunfo eu, porque sigo deitado na cama, ao passo que Kraus treme de raiva, porque, em vão, tem de continuar esmurrando a porta, bufando e insistindo: "Vamos, levante-se, Jakob! Ande! Meu Deus, quanta vagabundice!". Como me são simpáticas as pessoas capazes de se enfurecer. Kraus vive fazendo isso. É um comportamento tão bonito, tão engraçado e nobre. E nós dois combinamos tão bem. Ao indignado tem sempre de contrapor-se o pecador, senão ficaria faltando alguma coisa. E, quando enfim me levanto, fico ali parado, como se à toa. "Agora que está de pé, fica aí, embasbacado, em vez de fazer alguma coisa", diz ele, então. Que coisa magnífica. Para mim, as lamúrias de um rabugento são mais belas que o murmurar de um riacho na floresta, iluminado pelo mais glorioso sol de uma manhã de domingo. Gente, gente, gente e nada mais! Sim, pessoas me animam: eu as amo. Suas tolices, sua súbita irritação, me são mais valorosas e caras que as mais belas maravilhas da natureza. Nós, pupilos do Instituto Benjamenta, precisamos arrumar a sala de aula e o escritório logo de manhãzinha, antes do despertar das senhorias. Dois alunos alternam-se no cumprimento dessa tarefa. "Levante-se! Vamos logo!" Ou: "Chega desse sossego!". Ou: "Levante-se, ande! Está na hora. Você já devia estar de vassoura em punho faz tempo!". Como é divertido. E Kraus, o eternamente bravo Kraus, como ele me é caro.

Preciso ainda uma vez retornar ao início, a meu primeiro dia aqui. No intervalo da aula, Schacht e Schilinski, os quais eu ainda nem conhecia, correram para a cozinha e de lá trouxeram pratos com o café da manhã. Trouxeram-no para mim também, mas, como eu estava sem apetite, não quis comer nada. "Você precisa comer", disse Schacht, e Kraus acrescentou: "Tem de limpar o prato, comer tudo, entendeu?". Lembro ainda como me repugnou aquele jeito de falar. Tentei comer, mas, enojado, deixei boa parte do café da manhã no prato. Kraus se acercou de mim, deu-me um respeitoso tapinha no ombro e disse: "Você, que é novato aqui, precisa saber que as regras determinam que se coma o que houver para comer. Você é orgulhoso, mas não se preocupe: esse seu orgulho vai desaparecer logo, logo. Ou será que um pão com manteiga e salsicha é coisa que a gente acha na rua? Acha? Espere só e você vai ver como seu apetite volta. Seja como for, que fique bem claro: tem de comer tudo que está aí. No Instituto Benjamenta, não toleramos restos de comida no prato. Vamos, coma. E coma logo. Isso não passa de melindre de quem se crê pessoa refinada. Esse seu refinamento não vai demorar a desaparecer, pode acreditar. Então está sem apetite? Pois eu aconselho você a recuperá-lo. Está sem fome porque é orgulhoso, só isso. Dê aqui seu prato. Desta vez, vou ajudar você a comer tudo, embora isso seja inteiramente contra o regulamento. Pronto. Está vendo como dá para comer isto aqui? E isto? E isto aqui também? Estava muito bom, garanto a você". Quão embaraçoso me foi tudo aquilo. Eu sentia uma enorme aversão por aqueles rapazes, comendo ali. E hoje? Hoje não deixo nada no prato, tal qual todos os demais pupilos. Chego mesmo a aguardar com ansiedade pela comida, modesta, mas tão bem preparada. Jamais me passaria pela cabeça desdenhá-la. Sim, no começo eu era vaidoso e orgulhoso; sentia-me ofendido por sei lá o quê, humilhado já nem sei bem como. É que tudo ainda era novidade para mim e, portanto, hostil. De resto, eu era um grandessíssimo idiota. Ainda sou, mas de um modo mais refinado e amistoso. E é dos modos que tudo depende. Por mais tola e ignorante que uma pessoa seja, se ela souber se portar, se insinuar, se souber fazer as coisas, não estará perdida: encontrará seu caminho na vida talvez até melhor do que o inteligente e o sabe-tudo. Importante é o modo como se fazem as coisas, ah, sim...

Kraus já passou por muitas dificuldades antes de chegar aqui. Ele e o pai, que é barqueiro, subiam e desciam o rio Elba em pesadas barcas cheias de carvão. Kraus tinha de trabalhar tão duro que acabou adoecendo. Agora, quer ser criado, o criado de verdade de algum senhor, e é como se tivesse nascido com todas as qualidades e o bom coração para tanto. Será um criado maravilhoso, e não apenas porque sua aparência combina com esse ofício da humildade e da amabilidade. Não, também sua alma, toda a sua natureza, a totalidade do ser desse meu colega tem algo de servil, no melhor sentido da palavra. Servir! Tomara que Kraus encontre um senhor decente, é o que lhe desejo. Afinal, existem cavalheiros, senhorias, ou seja, patrões que absolutamente não apreciam nem desejam a dedicação total de um criado, pessoas que de fato não sabem acolher os verdadeiros préstimos de um serviçal. Kraus tem estilo, há de lhe caber sem dúvida servir a um conde, isto é, a um senhor muito, muito nobre. Não se deve fazer alguém como Kraus trabalhar como um mero servo ou um operário comum. Ele é perfeitamente capaz de representar seu senhor. Seu rosto foi talhado para dar o tom, afetar maneiras, e de sua postura e seu comportamento poderá se orgulhar aquele que adquirir seus serviços. Adquirir? Sim, é como se diz. Um dia, Kraus será destinado a alguém, ou alguém adquirirá seus serviços. É o que ele aguarda com feliz ansiedade, e a razão pela qual tanto se esforça para fazer entrar o francês naquela sua cabeça um tanto obtusa. Tem uma coisa nela que o preocupa. É que, no cabeleireiro, como ele diz, premiaram-no com distinção algo repugnante: uma coroa de florezinhas avermelhadas, pontos, em suma, ou, dizendo-o de forma ainda mais concisa e cruel, erupções. Bem, isso é de fato ruim, sobretudo considerando-se que ele deseja se pôr a serviço de um senhor refinado e verdadeiramente respeitável. Que fazer? Pobre Kraus! No meu caso, por exemplo, os pontos que o enfeiam não me impediriam de modo algum de beijá-lo, se tivesse de fazê-lo. E falo sério: não me impediriam mesmo, porque já não vejo essas coisas, realmente não vejo a feiura em sua aparência. Vejo, sim, a bela alma em seu semblante, e essa alma é que é digna de carícia. Um futuro amo e senhor será, porém, de opinião bem diversa, motivo pelo qual, aliás, Kraus passa pomada nas feridas deselegantes que o deformam. Com frequência usa o espelho, e o faz não por vaidade, mas para observar o progresso do tratamento. Não ostentasse ele essa mácula, jamais se olharia no espelho, porque este mundo não seria capaz de produzir alguém menos vaidoso, menos presunçoso que ele. O sr. Benjamenta, que muito se interessa por Kraus, pergunta sempre pelo mal e por seu tão aguardado desaparecimento. Afinal, Kraus logo partirá para o mundo, assumindo uma colocação. Tenho medo desse momento de sua partida da escola. Mas ela não será tão súbita. Daquele seu rosto, penso eu, pode ser que ele ainda precise cuidar por um bom tempo, o que, na verdade, não desejo de modo algum, e, não obstante, desejo, sim. Kraus me faria tanta falta se partisse. É possível que ele logo vá servir a um senhor que não saberá apreciar suas qualidades, e que eu em breve tenha de prescindir de um ser humano a quem amo, sem que ele o saiba.

Escrevo estas linhas em geral à noite, sob a lâmpada da grande mesa à qual, nós, pupilos, com tanta frequência temos de nos sentar, apáticos ou não, em nossa sala de aula. Às vezes, a curiosidade demasiada leva Kraus a espiar por sobre meus ombros. Uma vez, eu o repreendi: "Escute, Kraus, me diga, por favor, desde quando você se preocupa com coisas que não lhe dizem respeito?". Ele ficou muito aborrecido, como ficam todos aqueles que se deixam flagrar nas sendas secretas da curiosidade furtiva. Vez por outra, sozinho e à toa, fico sentado até tarde da noite num banco do parque público. Acendem-se os postes, e a clara luz elétrica mergulha por entre as folhas das árvores, líquida e ardente. O calor é grande, prometendo estranhos segredos. Pessoas passeiam de um lado para outro. Sussurram os caminhos ocultos do parque. Depois, vou-me embora para casa e encontro a porta trancada. "Schacht", chamo baixinho, e, conforme o combinado, o colega joga a chave no pátio. Esgueiro-me quarto adentro na ponta dos pés, porque a ausência prolongada é proibida, e me deito na cama. Depois, sonho. Muitas vezes, sonho coisas terríveis. Uma noite sonhei, por exemplo, que tinha dado um tapa no rosto de minha mãe, amada e distante. Dei um grito e, então, acordei de repente. A dor resultante da atrocidade desse meu comportamento imaginário arrancou-me da cama. Depois de puxar os veneráveis cabelos de minha santa mãe, eu a havia jogado no chão. Ah, melhor nem lembrar. As lágrimas jorravam como afiados raios daqueles olhos maternos. Lembro ainda muito bem como os lamentos lhe cortavam, rasgavam a boca, como ela se afogava na dor e como, então, seu pescoço caiu para trás. Mas para que rememorar essas imagens? Amanhã, terei finalmente de redigir meu currículo, ou correrei o risco de ser alvo de dura reprimenda. À noite, por volta das nove horas, nós, os rapazes, sempre cantamos uma cançãozinha de boa noite. Postamo-nos em semicírculo junto da porta que conduz aos aposentos interiores e, então, a porta se abre, a srta. Benjamenta aparece toda de branco, trajando túnica que lhe descai benfazeja até os pés, diz-nos "Boa noite, rapazes", ordena que nos deitemos e nos exorta ao silêncio. Em seguida, é sempre Kraus quem apaga a luz da sala de aula e, desse momento em diante, não se pode mais fazer o menor barulho. Na ponta dos pés, cada um parte em busca de sua cama. É tudo muito estranho. Onde dormem os Benjamenta? A senhorita parece um anjo, quando nos dá boa-noite. Como eu a venero. À noite, nunca se vê o senhor diretor. Se não é estranho, no mínimo chama a atenção.

Ao que parece, o Instituto Benjamenta já desfrutou, no passado, de melhor fama e afluência. De uma das quatro paredes de nossa sala de aula pende uma grande fotografia em que se vê toda uma congregação de rapazes, numerosos alunos de alguma outra turma. Nossa sala, aliás, ostenta decoração bastante escassa. Toda a mobília consiste na longa mesa, em dez ou doze cadeiras, um grande armário embutido, uma mesinha lateral, um armário menor, uma velha mala de viagem e mais um ou outro pequeno objeto. A título de enfeite, pendurado sobre a porta que conduz ao mundo misterioso e desconhecido dos aposentos interiores, vê-se um sabre de policial, assaz desinteressante em aparência, atravessado por uma bainha de aspecto semelhante. Acima de ambos, impera um capacete. É decoração que mais parece um emblema ou graciosa demonstração das normas que aqui vigem. No que me diz respeito, eu não gostaria de ser presenteado com tais adornos, provavelmente adquiridos em algum ferro-velho antigo. De duas em duas semanas, sabre e capacete são baixados para limpeza, o que só pode ser considerado trabalho bastante agradável, embora, por certo, deveras estúpido também.

Além desses ornamentos, retratos do falecido casal imperial enfeitam a sala de aula. O velho imperador ostenta aparência incrivelmente pacífica, ao passo que a imperatriz tem algo de simples e maternal. Com frequência, nós, pupilos, limpamos e lavamos a sala com sabão e água quente, o que deixa tudo brilhando e cheirando a limpeza. Temos de fazer tudo sozinhos e, para esse trabalho de camareira, vestimos avental, uma peça que, por lembrar o vestuário feminino, dá-nos a todos, sem exceção, um aspecto engraçado. Mas são divertidos esses dias de faxina. Cada um tem sua tarefa, cada um cumpre a sua parte: enceramos com alegria o assoalho, areamos os utensílios, inclusive os de cozinha — para o que dispomos de trapos e sapólio em profusão —, despejamos água na mesa e nas cadeiras, lustramos as maçanetas das portas, bafejamos e polimos os vidros das janelas. Nesses dias em que limpamos, lavamos e areamos, lembramos aqueles duendes de Colônia, que, conforme conta a lenda, faziam todo o trabalho pesado e cansativo movidos pela mais pura e sobrenatural bondade. O que nós, pupilos, fazemos, nós o fazemos porque temos de fazer, embora nenhum de nós saiba ao certo por que razão precisa fazê-lo. Obedecemos sem refletir sobre as consequências que trará, no futuro, essa nossa impensada obediência, labutamos sem questionar se é correto e apropriado que tenhamos de realizar semelhantes tarefas. Foi num desses dias de faxina que, certa vez, Tremala, um dos colegas, o mais velho de nós todos, me abordou com uma travessura odiosa. Em silêncio, postou-se atrás de mim e, com sua mão abominável (mãos que fazem estas coisas são grosseiras e abomináveis), agarrou meu membro com a intenção de prestar-me um favor repugnante, beirando o animalesco. Voltei-me de súbito e golpeei o infame, derrubando-o no chão. Em geral, não sou tão forte. Tremala é bem mais forte que eu. Mas a raiva conferiu-me força irresistível. Tremala, então, se levantou e veio para cima de mim, mas foi aí que a porta se abriu e surgiu o sr. Benjamenta. "Jakob, seu malandro!", exclamou ele, "venha até aqui!" Fui até meu diretor, e ele nem perguntou quem havia começado a briga: deu-me apenas um cascudo e foi-se embora. Fiz menção de segui-lo, para gritar que ele tinha sido muito injusto, mas me controlei, pensei bem, lancei um olhar para todo o grupo de rapazes e retornei a meu trabalho. Com Tremala, nunca mais falei; também ele vive me evitando, e sabe por quê. Se se arrependeu ou coisa parecida, pouco me interessa. O episódio indelicado foi — como dizê-lo? — esquecido há muito tempo. Tremala já esteve no mar. É um depravado e, ao que parece, compraz-se de suas inclinações vergonhosas. De resto, é absurdamente inculto e, já por isso, não me interessa. A um só tempo, ladino e dotado de burrice insuperável: que criatura mais desinteressante! Mas uma coisa esse Tremala me ensinou: em certa medida, tem-se sempre de estar preparado para todos os ataques e ofensas possíveis.

Muitas vezes eu saio, vou para a rua, e aí me sinto como se vivesse num conturbado conto de fadas. O empurra-empurra, a aglomeração, o matraquear, o estrepitar, toda a gritaria, o pisotear, os zunidos e zumbidos. E tudo isso sob forma tão compacta. Bem junto das rodas dos carros caminham as pessoas: crianças, moças, homens, mulheres elegantes; velhos, aleijados e aqueles de cabeça enfaixada — tudo isso se vê na multidão. E a todo momento novos cortejos de pessoas e veículos. Os carros do bonde elétrico mais parecem caixas abarrotadas de gente. Os ônibus passam claudicantes, qual enormes besouros informes. Depois, as carruagens, como mirantes em movimento. Sentados em seus assentos elevados, os passageiros se movem sobre as cabeças de tudo quanto, abaixo, caminha, salta ou corre. Pela multidão já existente, enfia-se outra, e todos vêm, vão, surgem e se perdem numa única massa. Cavalos pateiam. Maravilhosos chapéus adornados com penas assentem desde os coches abertos e senhoriais que passam correndo. A Europa toda envia seus exemplares humanos para cá. O nobre bem ao lado do ordinário e do ignóbil, as pessoas avançam não se sabe para onde, e lá vêm elas de volta, mas agora são outras, que não se sabe de onde vêm. Acreditamos poder adivinhá-lo e nos alegramos com o esforço despendido nessa tentativa de decifração. E o sol brilha ainda sobre todos. De um, ilumina o nariz; de outro, o bico do sapato. Rendas espiam cintilantes pelas saias, confundindo os sentidos. Cãezinhos passeiam nos coches, no colo de senhoras idosas e nobres. Seios esbarram na gente, premidos por vestidos e talhes, seios femininos. E há ainda os muitos e parvos charutos nos rasgos das muitas bocas masculinas. Imaginamos ruas imprevistas, regiões novas, invisíveis e igualmente fervilhantes de seres humanos. O fervilhar de gente é mais gracioso e denso à noitinha, entre seis e oito. É a hora em que a melhor sociedade sai a passear. O que se é de verdade nessa maré, nessa torrente colorida e interminável de pessoas? Por vezes, todos esses rostos em movimento se colorem de uma tonalidade avermelhada, que a brasa do sol poente lhes aplica com ternura. E quando a chuva cai do céu cinzento? Aí, todas essas figuras, e eu também, correm feito personagens oníricas a se abrigar sob a flora sombria, procurando e, ao que parece, jamais encontrando alguma coisa de belo ou justo. Todos buscam, todos aqui anseiam por riqueza e bens fabulosos. As pessoas têm pressa. Não, elas se contêm, mas a pressa, o anseio, a aflição e o desassossego rebrilham, cintilantes, nos olhos ávidos. Depois, tudo volta a ser um banho ao sol quente do meio-dia. Tudo parece dormir, até mesmo os carros, os cavalos, as rodas e os ruídos. E as pessoas olham tão perdidas. É como se os prédios altos, que mais parecem desmoronar, estivessem sonhando. Moças correm, pacotes são carregados. A vontade que dá é a de abraçar alguém. Mas, quando volto para casa, encontro Kraus, sentado, zombando de mim. Digo-lhe que precisamos conhecer um pouco do mundo, afinal. "Conhecer o mundo?", ele responde, como se mergulhado em pensamentos profundos. E sorri, desdenhoso.

Mais ou menos duas semanas após minha chegada ao instituto, Hans apareceu por aqui. Hans é o jovem camponês em pessoa, como os que figuram nas histórias dos irmãos Grimm. Vem das profundezas de Mecklenburg e cheira a opulentas e floridas pradarias, a curral e fazenda. É esbelto, rude e ossudo, e fala uma língua peculiar, bonachona e rural, de que gosto, na verdade, quando me dou ao trabalho de tapar o nariz. Não que ele exale fedor ou cheire mal. Ainda assim, tapam-se as narinas mais sensíveis — intelectuais, culturais e espirituais, que sejam —, num gesto absolutamente involuntário, que não pretende de modo algum ofender o bom Hans. Ele, aliás, nem nota, porque, camponês que é, vê, ouve e sente as coisas de forma demasiado saudável e simples. Quem o contempla em profundidade se vê diante da própria terra, de seus sulcos e de suas ondulações, mas nem é necessário aprofundar-se: Hans não convida a grande profundidade de reflexão. Não que ele me seja indiferente, isso não, mas, como dizê-lo? Parece-me uma figura um tanto ligeira e distante. É muito fácil o trato com ele, porque Hans não possui nada que possa evocar suscetibilidades e seja, portanto, difícil de suportar. É o jovem camponês das histórias dos irmãos Grimm. Uma coisa primordialmente alemã, agradável, compreensível já a um primeiro e fugaz exame. Decerto, vale muito a pena ser um bom companheiro de uma pessoa assim. Em sua vida futura, Hans vai trabalhar duro, sem nem suspirar. A labuta, as preocupações e os infortúnios mal o afetarão. Afinal, ele transborda de vigor e saúde. E, além disso, não é desprovido de beleza. Aliás, tenho de rir de mim mesmo: em tudo e em todos, encontro algum tipo de beleza insignificante. Gosto tanto deles todos, meus pupilos, meus colegas de instituto.

Serei eu um ser essencialmente metropolitano? É bem possível. Quase nunca me deixo aturdir ou surpreender. A despeito das emoções a que estou sujeito, trago em mim indizível frieza. Em seis dias, despi-me da província. De resto, cresci numa metrópole em miniatura. Sorvi urbanidade e sensibilidade urbana com o leite materno. Quando criança, via operários bêbados cambalearem aos gritos para cima e para baixo. Desde pequeno, a natureza sempre me pareceu coisa distante, celestial. Posso, portanto, prescindir dela. Não será preciso prescindir também de Deus? Saber que o bom, o puro e o sublime se ocultam na névoa em alguma parte, venerá-los e adorá-los em total silêncio, como se com fervor vago e frio, a isso estou acostumado. Quando eu era menino, um dia vi um operário italiano morto, jazendo junto a um muro numa poça de sangue, atravessado por numerosas facadas. Mais adiante, nos tempos de Ravachol, ouvi jovens dizerem que bombas logo explodiriam entre nós também, e assim por diante. Velhos tempos. Na verdade, eu queria tratar de assunto bem diferente, isto é, do colega Peter, o grandão. Esse garoto espigado é muito divertido. É de Teplitz, na Boêmia, e fala o eslavo e o alemão. O pai é policial, e Peter aprendeu o ofício de comerciante numa cordoaria. Mas parece ter bancado o ignorante, o inútil e o malcriado, o que eu, de minha parte, acho muita vileza. Diz ele que também fala húngaro e polonês, se solicitado. Aqui, ninguém exige nada semelhante dele. Que vasto conhecimento linguístico! Mas, decididamente, Peter é o mais burro e o mais desastrado de nós todos, discípulos do Instituto Benjamenta, o que, em minha irrelevante opinião, o adorna e coroa de louros, uma vez que gosto imensamente dos burros. Detesto aquelas criaturas que pretendem compreender tudo, que cintilam e alardeiam seu próprio saber e engenho. Os ladinos e os vividos são, para mim, um horror inominável. Nesse preciso quesito, como é simpático esse Peter. Já acho bonito o fato de ele ser alto, alto a ponto de parecer que vai se partir em dois, e mais bonita ainda é a pureza de coração a soprar-lhe continuamente no ouvido que ele é um cavalheiro com a aparência nobre e elegante de um dissoluto. É de morrer de rir. Peter fala sempre das aventuras que viveu, mas é muito provável que nem as tenha vivido de fato. Uma coisa, porém, é certa: ele é possuidor da mais fina e graciosa bengala do mundo. E não se cansa de sair a passear com ela pelas ruas mais movimentadas. Encontrei-o certa vez na rua F. A rua F. é o fascinante centro da vida mundana da metrópole. Já de longe, ele acenava para mim, com a mão, um gesto de cabeça e um balançar da bengala. Depois, quando nos aproximamos, ele me olhou cheio de preocupação paterna, como se pretendesse dizer: "Você por aqui? Jakob, Jakob, isto não é lugar para você". Em seguida, despediu-se como se fosse uma das grandes figuras deste mundo, qual o editor de um jornal de penetração internacional, cujo tempo precioso não pode ser desperdiçado. Vi, então, seu simpático chapeuzinho redondo e parvo desaparecer no mar de outras cabeças e chapéus. Sumiu na multidão, como se diz. Peter não aprende coisa nenhuma, embora seja cômica a falta que isso lhe faz, e, ao que tudo indica, só ingressou no Instituto Benjamenta para aqui brilhar com suas impagáveis parvoíces. Aqui, aliás, talvez consiga se tornar ainda bem mais burro do que já era, e, afinal, por que não se haveria de permitir a sua burrice que se desenvolvesse? Eu, por exemplo, estou convencido de que ele terá enorme sucesso na vida, e o estranho é que, para mim, ele merece. Vou além. Tenho a sensação — consoladora, excitante e agradável — de que, no futuro, me caberá um senhor, amo e patrão do tipo daquele em que Peter vai se transformar. Isso porque os parvos como ele foram feitos para progredir, subir na vida, viver bem e comandar, ao passo que os, em certo sentido, inteligentes como eu hão de ver seu belo talento florescer e murchar a serviço de outros. Eu, de minha parte, serei algo bem inferior e pequeno. A sensação que me diz que assim será é tão completa e inabalável como um fato consumado. Deus meu, e ainda assim tenho toda esta coragem de seguir vivendo? Que há comigo? Muitas vezes, sinto certo medo de mim, mas não por muito tempo. Não, não, confio em mim. Mas não é isso verdadeiramente cômico?

De meu colega Fuchs, tenho apenas uma coisa a dizer: é um sujeito oblíquo, tortuoso. Fala como quem executa uma cambalhota malsucedida, e se comporta como uma grande improbabilidade moldada em forma humana. Tudo nele é antipático e, por isso mesmo, indigno de consideração. Saber dele é abuso, excesso deselegante e perturbador. Conhecer malandros como Fuchs, só mesmo para desprezá-los; mas, como ninguém gosta de topar com o desprezível, o que se faz é esquecer ou nem ver a coisa. Sim, porque coisa é o que ele é. Ah, meu Deus, será que hoje preciso mesmo escrever maldades? Já quase me odeio por isso. Em frente, tratemos de assuntos mais belos. O sr. Benjamenta, eu só vejo muito raramente. Por vezes, entro no escritório, curvo-me até o chão, digo "Bom dia, senhor diretor" e pergunto a ele, essa espécie de soberano, se posso sair. "Redigiu o currículo ou não?", ele quer saber. Respondo: "Ainda não. Mas vou redigir". O sr. Benjamenta se aproxima de mim — ou seja, do guichê junto ao qual me encontro — e aperta seu punho gigantesco contra meu nariz. "Você tem de aprender a ser pontual, garoto, senão... sabe muito bem que consequências isso terá." Eu compreendo o que ele diz, torno a me curvar e desapareço. É estranha essa vontade que sinto de provocar explosões de raiva nos poderosos. Será que, na verdade, desejo ser castigado por esse sr. Benjamenta? Por acaso, trago em mim instintos frívolos? Tudo é possível, tudo mesmo, inclusive o que há de mais infame e indigno. Está bem: o currículo, eu com certeza vou redigir em breve. Acho o sr. Benjamenta um homem verdadeiramente bonito. A magnífica barba castanha... Como? Magnífica barba castanha? Sou um idiota. Não, não há nada de belo ou magnífico no senhor diretor, mas, por trás desse ser humano, pressentem-se as duras reviravoltas e os golpes do destino, e é essa humanidade, esse caráter quase divino, que o faz belo. A beleza dos seres humanos de verdade, dos homens de verdade, nunca é visível. Um homem que exiba de fato uma bela barba ou é um cantor de ópera ou o chefe de seção, bem remunerado, de alguma grande loja. Pseudo-homens são, em geral, bonitos. Ainda assim, é possível que haja exceções, belezas masculinas dotadas de grande valor. O rosto e a mão (esta, já senti na pele) do sr. Benjamenta parecem raízes nodosas, raízes que, em algum momento triste, tiveram de suportar o golpe de um machado impiedoso. Fosse eu uma dama dotada de nobreza e espírito, saberia perfeitamente estimar homens como esse diretor de instituto, tão miserável em aparência. Mas suspeito que o sr. Benjamenta nem circule pela sociedade que compõe este mundo. Na realidade, não sai de casa; sem dúvida, mantém-se numa espécie de isolamento, esconde-se "na solidão" e, de fato, deve ser terrivelmente solitária a vida desse homem com certeza nobre e elegante. Algum acontecimento há de ter produzido efeito profundo, talvez até mesmo aniquilador, sobre seu caráter, mas que sei eu? Um discípulo do Instituto Benjamenta... que pode saber uma tal criatura? Pelo menos, estou sempre investigando. E é por causa dessa minha investigação, e por nenhum outro motivo, que vou sempre ao escritório e faço ao homem perguntas tão ridículas como: "Posso sair, senhor diretor?". Sim, esse homem me encantou, ele me interessa. Também a professora me desperta profundo interesse. Sim, e é por isso, para descobrir alguma coisa em todo esse mistério, que o provoco, para ver se lhe escapa alguma observação descuidada. Que mal faz se ele me bater? Minha vontade de descobrir coisas adquire contornos de uma paixão dominadora, e a dor que a irritação desse estranho homem me causa é pequena, comparada ao desejo fremente de induzi-lo a se abrir um pouco comigo. Ah, até sonho com isso — que coisa mais magnífica: apossar-me da impetuosa confiança desse homem. Bem, vai levar ainda um bom tempo, mas acredito, sim, acredito que vou conseguir penetrar enfim o mistério dos Benjamenta. Segredos dão a pressentir uma magia insuportável, exalam perfume muito belo, indizivelmente belo. Quem sabe, quem sabe? Ah...

Adoro o barulho e o movimento contínuo da metrópole. A mobilidade incessante obriga ao decoro. O ladrão, por exemplo, ao ver a agitação das pessoas, sem querer há de perceber o patife que é, e a visão movimentada e alegre talvez instile alguma melhora em sua natureza corrupta e arruinada. É possível que o fanfarrão se torne mais modesto e pensativo ao divisar tanta energia em ação, e o inconveniente, ao notar a maleabilidade dos muitos, talvez diga a si mesmo que é um joão-ninguém a imperar estúpida e vaidosamente apenas sobre sua própria presunção e arrogância. A metrópole educa, forma, e o faz, aliás, com exemplos, e não por meio de áridos ensinamentos retirados dos livros. Ela não tem nada de professoral, o que é sedutor, ao passo que a grandiosidade do saber acumulado desestimula. Ademais, há aqui tantas outras coisas a nos incentivar, apoiar e auxiliar. Mal se pode enumerá-las. Como é difícil dar expressão vívida ao refinado e ao bom. Na grande cidade, já a vida modesta é motivo de gratidão, agradece-se sempre um pouco à medida que se é compelido para diante, que se caminha a toda a pressa. Quem tem tempo a perder não sabe o que o tempo significa: é o mal-agradecido por natureza, o parvo. Na metrópole, qualquer contínuo sabe que o tempo tem um valor, e nenhum vendedor de jornais desejará desperdiçá-lo. E tem-se ainda o aspecto onírico, o pitoresco, o poético! Ainda que apressadas, as pessoas deixam sempre uma impressão ao passar. Ora, isso tem um significado, estimula, aviva um pouco mais o espírito. Enquanto, hesitantes, nos detemos, centenas passam, centenas de coisas desfilam por nossa mente e por nossos olhos, o que demonstra com toda a clareza quanto temos a perder, que preguiçosos procrastinadores nós somos. Todos têm pressa porque a todo momento acreditam que é bonito ir atrás de alguma coisa e consegui-la. A vida ganha um ar mais encantador. As feridas e as dores tornam-se mais profundas, a alegria exulta mais feliz e por mais tempo que em outra parte, porque aquele que aqui se alegra parece ter conquistado sua alegria com justeza e a duras penas, pelo trabalho e pelo empenho. Além disso, há os jardins, tão calmos e absortos atrás de graciosas grades, como recantos secretos em parques ingleses. Bem ao lado, ruge e retumba o tráfego do comércio, como se nesta vida nunca tivesse havido paisagens e devaneios. Os trens trovejam sobre as pontes oscilantes. À noitinha, brilham as vitrines fabulosamente ricas e elegantes, e torrentes, filas e vagalhões revolvem-se diante da atraente riqueza exposta pela indústria. Sim, tudo isso me parece grandioso e bom. Ganha-se só por estar no meio de todo esse agitado turbilhão. Uma sensação boa toma conta das pernas, dos braços e do peito já ao se tentar, com propriedade e sem grande cerimônia, abrir caminho por toda essa animada confusão. Pela manhã, tudo parece reviver para, à noitinha, lançar-se nos braços agitados de um novo e inaudito devaneio. Isso é muito poético. A srta. Benjamenta me repreenderia com todo o rigor se lesse o que escrevo agora. Isso para não falar de Kraus, que não distingue com toda essa paixão aldeia de cidade grande. Kraus só tem olhos, em primeiro lugar, para os seres humanos; em segundo, para seus deveres; e em terceiro, no máximo, para suas economias, que ele guarda para, conforme crê, enviar à mãe. Sempre escreve para a família. Sua formação é tão rasa quanto puramente humana. O alvoroço da metrópole, com suas muitas promessas tolas e reluzentes, não lhe interessa nem um pouco. Que alma humana mais honrada, delicada e sólida.

Por fim, ficaram prontas minhas fotografias. Encaro o mundo com grande energia num retrato verdadeiramente bem-sucedido. Pretendendo me irritar, Kraus diz que pareço um judeu. Finalmente, finalmente, ele ri um pouco. "Kraus", digo a ele, "lembre-se, por favor, de que os judeus também são gente." Discutimos, então, numa bela conversa, sobre o valor ou o desvalor dos judeus. Fico admirado com as boas posições que ele defende. "Todo o dinheiro está nas mãos dos judeus", afirma. Eu faço que sim com a cabeça, concordo, e acrescento: "É o dinheiro que transforma as pessoas em judeus. Um judeu pobre não é judeu, e cristãos ricos — Deus me livre! —, esses são os piores judeus". Kraus assente. Por fim, por fim, consegui alguma aprovação desse homem. Mas logo ele se irrita de novo e me diz, com toda a seriedade: "Pare de tagarelar o tempo todo. Que história é essa de judeus e cristãos? Isso não existe. O que existe são pessoas vis e pessoas boas. Nada mais. E o que você acha, Jakob? A que categoria você pertence?". Aí, então, é que damos início a uma longa conversa. Ah, sim, Kraus gosta muito de conversar comigo, eu sei. Uma alma boa e delicada. Só não quer admiti-lo. Como adoro pessoas que não gostam de fazer confissões a si mesmas. Kraus tem caráter: isso é coisa que se pode sentir muito bem. De resto, redigi meu currículo, mas rasguei-o. Ontem, a srta. Benjamenta exortou-me a ser mais atencioso e obediente. Tenho as mais belas noções sobre obediência e atenção e, no entanto, é estranho: são qualidades que me escapam. Na minha imaginação, sou virtuoso, mas e na hora de praticar essas virtudes? E aí? Não é mesmo? Pois é, aí é outra história, falhamos, tornamo-nos relutantes. Aliás, sou indelicado. Tenho paixão por qualidades como cavalheirismo e delicadeza, mas, quando se trata de correr na frente da professora para, com todo o respeito, abrir-lhe a porta, quem é o grosseirão que permanece sentado à mesa? E quem se precipita feito ventania para exibir seu bom comportamento? Ah, Kraus... Kraus é um cavalheiro dos pés à cabeça. Na verdade, seu lugar é na Idade Média, e é um grande pecado que não disponha de um século XII para si. Ele é a própria encarnação da lealdade, da obsequiosidade e da deferência discreta e altruísta. Não faz juízo sobre as mulheres: venera-as apenas. Quem apanha do chão o objeto caído e o entrega à senhorita com a rapidez de um esquilo? Quem sai correndo para cumprir tarefas na rua? Quem carrega a sacola das compras para a professora? Quem esfrega a escada e a cozinha sem nem precisar receber ordem para fazê-lo? Quem faz tudo isso sem jamais contar com uma única palavra de agradecimento? Quem é tão magnífico, tão imensamente feliz em si mesmo? Como ele se chama? Ah, eu bem sei. Às vezes, gostaria que esse Kraus me desse uma surra. Mas, homens iguais a ele, como podem surrar alguém? Kraus só quer o que é correto e bom. Não há exagero nenhum nessa afirmação. Ele jamais abriga más intenções. A bondade em seus olhos é assustadora. O que pretende ele de fato num mundo programado e voltado para as palavras vazias, a mentira e a vaidade? Basta olhar para Kraus, e, mesmo sem querer, pode-se sentir como a modéstia está irremediavelmente perdida neste mundo.

Vendi meu relógio para poder comprar o tabaco para meus cigarros. Posso viver sem o relógio, mas não sem o tabaco, o que, embora seja uma vergonha, é também inelutável. Preciso dar um jeito de conseguir algum dinheiro, ou logo me faltará até roupa de baixo. Golas limpas são uma necessidade para mim. A felicidade de um ser humano não depende e, no entanto, depende desse tipo de coisa. Felicidade? Não. Mas uma aparência respeitável é um dever. O asseio é já em si uma felicidade. Estou tagarelando. Como odeio as palavras certas. Hoje, a senhorita chorou. Por quê? No meio da aula, de repente lágrimas se precipitaram de seus olhos. Isso me comove de um jeito estranho. De todo modo, vou manter meus olhos abertos. Acho divertido pôr-me à escuta de algo que não deseja produzir som. Vou prestar atenção, o que embeleza a vida, porque, quando não se precisa prestar atenção em nada, então não há vida nenhuma. Está claro que algum pesar aflige a srta. Benjamenta, e há de ser um grande pesar, considerando-se que, em geral, nossa professora sabe se controlar muito bem. Preciso de dinheiro. De resto, agora redigi meu currículo. Ele diz o seguinte:

Currículo

O abaixo assinado, Jakob von Gunten, filho de pais honrados, nascido no dia tal e criado em tal e tal lugar, matriculou-se como aluno no Instituto Benjamenta a fim de adquirir os poucos conhecimentos necessários para ingressar no serviço de alguém. O mesmo nada espera da vida. É seu desejo ser tratado com rigor, para que possa aprender o que é, de fato, precisar empenhar-se. Embora não prometa muito, Jakob von Gunten propõe-se a se comportar com honestidade e honradez. Os Von Gunten são uma família antiga. Em tempos passados, eram guerreiros, mas sua combatividade arrefeceu, de tal forma que hoje são membros do parlamento cantonal e comerciantes, e o membro mais jovem da estirpe, objeto deste relato, se decidiu a abandonar por completo toda e qualquer tradição marcada pela soberba. Quer apenas que a vida o eduque, em vez de ser educado por princípios hereditários ou aristocráticos. Não obstante, sendo-lhe impossível negar características inatas, é orgulhoso, embora entenda por orgulho algo inteiramente novo, de certo modo condizente com o tempo em que vive. Espera ser moderno, possuidor de alguma habilidade para a prestação de serviços, e não totalmente parvo ou inútil, mas está mentindo: ele não somente espera —

afirma e sabe que assim é. É teimoso também, porque ainda abriga resquícios dos espíritos indômitos de seus antepassados, mas pede que o repreendam, caso teime, e que o castiguem, se a repreensão não surtir efeito, porque acredita na utilidade do castigo. De resto, será necessário saber lidar com ele. O abaixo assinado crê poder adaptar-se a qualquer situação, razão pela qual lhe é indiferente o que venham a ordenar que faça; move-o a firme convicção de que todo trabalho executado com cuidado representará para ele honra maior do que ficar sentado em casa, ocioso e aflito, junto do fogão. Um Von Gunten não fica sentado junto do fogão. Se os antepassados do obediente abaixo assinado empunhavam a espada cavalheiresca, seu descendente comporta-se em consonância com a tradição ao desejar ardentemente mostrar-se útil de alguma maneira. Sua modéstia desconhece limites quando lhe louvam o ânimo, e seu fervor de servir equipara-se à ambição a determinar-lhe que despreze todo e qualquer sentimento de honra impeditivo ou prejudicial. Na cidade onde nasceu, o mesmo abaixo assinado surrou seu professor de história, o digníssimo professor doutor Merz, um ato vergonhoso, do qual se arrepende. Hoje, anseia poder esmagar na rocha implacável do trabalho duro a arrogância e a presunção que talvez ainda o habitem. De poucas palavras, jamais divulgará confidências. Não acredita nem no reino dos céus nem no inferno. A satisfação de quem o contratar será seu paraíso, e o triste contrário disso, seu inferno aniquilador. Mas está convencido da satisfação que será capaz de proporcionar, tanto ele próprio quanto seu trabalho. Essa firme convicção é que lhe infunde a coragem para ser o que é.

Jakob von Gunten

Entreguei meu currículo ao senhor diretor. Ele o leu por inteiro, creio que duas vezes até, e o texto parece tê-lo agradado, porque uma espécie de sorriso reluzente se desenhou em seus lábios. Ah, com certeza, observei bem meu diretor. Um sorrisinho ele deu, isso sem dúvida é fato. Ou seja, finalmente um sinal de humanidade. Quanto malabarismo é necessário para extrair, de pessoas cujas mãos desejaríamos beijar, um gesto deveras fugaz de simpatia. De propósito, sim, de propósito descrevi com tanto orgulho e insolência o curso de minha vida. "Aí está, leia. Como? Não sente vontade de atirar-me o escrito no rosto?" Foram esses meus pensamentos. E, muito astuta e elegantemente, ele apenas sorriu, esse astuto e elegante senhor diretor, a quem, por infelicidade, Deus me perdoe, venero acima de tudo e todos. E percebi. Venci uma escaramuça. Preciso urgentemente, hoje ainda, fazer alguma travessura. Do contrário, vou morrer de alegria, vou morrer de rir. Mas a senhorita diretora está chorando? Que é isso? Por que essa minha estranha felicidade? Estarei louco?

Tenho agora algo a relatar que talvez suscite certa descrença. Mas o que digo é a mais pura verdade. Nesta portentosa metrópole, mora meu único irmão, uma pessoa extraordinária, a meu ver. Chama-se Johann, e é uma espécie de artista conhecido e renomado. Não sei nada de concreto acerca de sua posição atual neste mundo, uma vez que evitei fazer-lhe uma visita. Não vou à casa dele. Se, por acaso, nos encontrarmos na rua e ele me reconhecer e se aproximar, ótimo: terei prazer em apertar com força a mão fraterna. Mas jamais vou provocar semelhante encontro, nunca em minha vida. O que sou eu, e o que é ele? O que é um pupilo do Instituto Benjamenta, isso eu sei, é evidente. Um tal pupilo é um grande e redondo zero à esquerda, e mais nada. Mas o que é hoje meu irmão, isso não tenho como saber. Talvez esteja rodeado de pessoas elegantes, cultas e sabe Deus de que formalidades, e eu respeito formalidades, razão pela qual não vou visitar meu irmão, porque talvez encontre um requintado senhor vindo em minha direção com um sorriso forçado nos lábios. Afinal, conheço Johann von Gunten de longa data. Ele é uma pessoa tão friamente ponderada e calculista como eu e como todos os Von Gunten, só que bem mais velho, e a diferença de idade entre dois seres humanos, entre dois irmãos, pode erguer fronteiras intransponíveis. De todo modo, não permitiria que me desse boas lições, e é precisamente isso que, receio, ele poderá vir a fazer, caso me veja, uma vez que, diante de um ser tão pobre e insignificante como eu, meu bem situado irmão ficará decerto tentado a, de cima para baixo, me fazer sentir minha inferioridade, o que eu não poderia suportar. Caso isso acontecesse, eu exibiria todo o orgulho dos Von Gunten e o trataria com decidida rudeza, o que, mais tarde, só me faria sofrer. Não, mil vezes não! Quê? Aceitar a misericórdia de meu irmão, do meu próprio sangue? Sinto muito. Isso é impossível. Eu o imagino muito elegante, fumando o melhor cigarro do mundo, deitado nas almofadas e nos tapetes do bem-estar burguês. Como? Sim, sinto em mim agora uma espécie de aversão antiburguesa, um sentimento absolutamente contrário ao decoro, e o senhor meu irmão talvez esteja no meio disso tudo, desfrutando do mais belo e faustoso respeito mundano. Está decidido: não vamos nos ver, nunca mais, talvez! Nem é necessário que nos vejamos. Não é necessário? Bem, deixemos isso de lado. Parvo que sou, valho-me da primeira pessoa do plural como se abrigasse em mim um digníssimo corpo docente. Por certo, em torno de meu irmão impera o melhor e mais selecionado refinamento.

Merci. Ah, muito obrigado. Mulheres vão esticar o pescoço pela porta entreaberta e perguntar com arrogância: "Mas quem será esse? Como? Um mendigo, talvez?". Meu mais sincero agradecimento por semelhante recepção. Sou bom demais para que sintam pena de mim. Flores perfumadas pelo salão! Ah, eu não gosto de flores. E essa serenidade de homem do mundo? Horrível. Sim, eu gostaria de revê-lo, gostaria muito. Mas, se o visse assim, se o visse em meio a todo esse esplendor e bem-estar, arruinado estaria o sentimento por me encontrar diante de um irmão, e só me restaria fingir alegria, assim como a ele também. Portanto, não.

Na sala de aula, nós, alunos, sentamo-nos olhando fixamente para a frente, imóveis. Acredito que não seja permitido nem mesmo assoar o nariz. As mãos permanecem sobre os joelhos, invisíveis durante toda a aula. Mãos são a prova cheia de dedos da vaidade e da avidez humanas, daí permanecerem bem escondidinhas, debaixo da mesa. Nossos narizes escolares revelam suprema semelhança espiritual entre si, porque parecem, todos, mais ou menos almejar as alturas, onde flutua, radiante, a percepção do caos da vida. Aos narizes dos pupilos cabe ostentar aspecto achatado e dobrado, ou assim demanda o regulamento, que tudo prevê; e, de fato, nossos instrumentos olfativos apresentam, todos, uma curvatura humilde e envergonhada. É como se tivessem sido encurtados por facas afiadas. Nossos olhos dirigem-se constantemente para um vazio prenhe de reflexão, o que também constitui exigência do regulamento. Na verdade, não deveríamos ter olhos, porque olhos são insolentes e curiosos, e insolência e curiosidade são dignas de reprovação, se examinadas por quase todos os pontos de vista saudáveis. Bastante divertidas são nossas orelhas. Elas mal ousam ouvir com atenção. Sempre se contraem um pouco, receosas de que alguém as puxe de repente, por trás, em sinal de advertência, acabando por arrancá-las. Pobres orelhas, que tanto medo precisam suportar. Quando o som de um chamado ou de uma ordem as atinge, elas vibram e tremem como as cordas tangidas de uma harpa. Acontece também de nossas orelhas escolares dormirem um pouco, e como, então, as despertam! É uma verdadeira alegria. Mas o teste definitivo de nosso adestramento é a boca, sempre devota e obedientemente lacrada. E verdade seja dita: uma boca aberta representa a bocejante comprovação de que seu proprietário em geral se encontra, acompanhado de alguns pensamentos, em outra parte, distinta dos domínios e dos prazerosos jardins da atenção. Uma boca bem fechada, por outro lado, indica orelhas abertas e atentas, razão pela qual se deve zelar sempre para que a porta, mais abaixo, sob as janelas duplas das narinas, permaneça trancada. Uma boca aberta nada mais é que um focinho, e disso todos nós sabemos muito bem. Lábios não devem chamar a atenção e florescer, lascivos, a partir de sua posição confortável e natural: é, ao contrário, imperativo que se franzam e se comprimam, em sinal de enérgica abnegação e expectativa. Assim fazemos nós, alunos do Instituto Benjamenta: tratamos nossos lábios com muita dureza e crueldade, em consonância com o regulamento vigente, motivo pelo qual parecemos todos tão furiosos quanto sargentos no comando de uma missão. É sabido que todo suboficial deseja ver no semblante de seus soldados a mesma irritação e a mesma fúria estampadas em seu próprio; isso lhe convém, porque, em geral, ele é dotado de humor. Falando sério, porém, o fato é que, na maioria das vezes, aqueles que obedecem possuem aspecto exatamente igual ao dos que ordenam. Um criado não pode senão assumir as máscaras e o comportamento de seu senhor, a fim de, por assim dizer, perpetuá-los fielmente. Nossa venerada senhorita, por outro lado, nada tem de um tal sargento. Pelo contrário: ela sorri com muita frequência, e se permite mesmo, às vezes, rir-se a valer das marmotas que somos, nós, fiéis seguidores das leis que aqui vigem; mas espera também que, quietos e sem alterar a expressão em nosso semblante, a deixemos rir, o que, de resto, fazemos, fingindo nem ouvir o som doce e prateado de sua risada. Que figuras esquisitas e singulares somos nós. Nossos cabelos estão sempre limpos, bem penteados e escovados, e todos têm de sulcar no mundo superior da própria cabeça uma risca retilínea, um canal no negrume ou na louridão da terra, isto é, dos cabelos. É como deve ser. Também essas riscas se encontram definidas no regulamento. E é por essa razão, porque nossos cabelos se mostram tão encantadoramente repartidos e penteados, que, na realidade, somos todos parecidos, o que mataria de rir um escritor, por exemplo, que nos visitasse para estudar-nos em toda a nossa glória e pequenez. Pois que fique em casa esse senhor escritor. Cabeça de vento é o que é essa gente, que só pensa em estudar, pintar e observar. Basta viver, e a observação acontece por si só. De resto, nossa srta. Benjamenta repreenderia de tal maneira um tal escrevinhador que aparecesse por aqui, caído do céu como a chuva ou como a neve, que ele desmoronaria no chão, assustado com a hostilidade das boas-vindas. Então, nossa professora, que adora proceder de forma autoritária, talvez nos dissesse: "Andem, ajudem o cavalheiro a se levantar". Ao que nós, pupilos do Instituto Benjamenta, mostraríamos a porta de saída ao hóspede indesejado. E o escrito ditado pela curiosidade desapareceria por completo. Não, isso tudo é fantasia minha. Aqueles que nos visitam são cavalheiros desejosos de nos contratar, e não gente que carrega uma pena atrás da orelha.

* * *

Ou os professores do nosso instituto não existem ou seguem dormindo, ou, ainda, parecem ter esquecido seu ofício. Estarão talvez em greve, porque não lhes pagaram o salário mensal? Sentimentos peculiares se apoderam de mim quando penso nessas criaturas adormecidas e distraídas. Lá estão eles, sentados ou de cócoras junto das paredes de seus cômodos especialmente equipados para os que necessitam de tranquilidade. Eis ali o sr. Wächli, suposto professor de história natural. Mesmo dormindo, ele mantém o cachimbo preso à boca. Uma pena. Teria, talvez, se saído melhor como apicultor. Como é vermelha sua cabeça, e gorda a mão velhusca e molenga. E aqui ao lado, não é o sr. Blösch, o respeitadíssimo professor de francês? Ai, é ele mesmo, e esse seu sono é fingimento: ele é um tremendo mentiroso. Tampouco suas aulas eram mais que uma mentira, máscara de papel. Como parece pálido, e mau! Rosto feio, lábios grossos e duros, traços toscos e desumanos: "Está dormindo, Blösch?". Não me ouve. É, de fato, repugnante. E este, quem é este? O pastor Strecker? O comprido e macérrimo pastor Strecker, que dá aulas de religião? Que diabo, é ele mesmo! "O senhor está dormindo, pastor Strecker? Bom, então durma. Seu sono não prejudica ninguém. O senhor perde seu tempo ensinando religião. Hoje em dia, veja o senhor, religião não serve para mais nada. O sono é mais religioso que toda a sua religião. Quando se dorme, está-se talvez mais perto de Deus, o senhor não acha?" Ele não ouve. Vou bater em outra porta. Ei, quem é este aqui, que escolhe posições tão confortáveis? É o Merz, dr. Merz, que leciona história romana? Sim, é ele, reconheço pelo cavanhaque. "O senhor parece bravo comigo, dr. Merz. Bom, durma então, e esqueça as cenas impróprias que aconteceram entre nós. Não precisa se remoer.

Aliás, o senhor faz bem em dormir. Já há algum tempo o mundo gira em torno do dinheiro, e não mais da história. Todas aquelas virtudes heroicas de que o senhor falava não têm mais importância nenhuma, como o senhor mesmo haverá de saber. Sou-lhe grato por algumas impressões maravilhosas. Durma bem." Aqui, porém, pelo que vejo, parece ter se acomodado o sr. von Bergen, o torturador de garotos. Finge estar sonhando, mas distribui "bordoadas" com muito gosto, um prazer celestial e escabroso. "Flexão para a frente!", ordena, comprazendo-se então de sentar sua vara de bambu no traseiro do pobre rapaz. Muito elegante seu aspecto parisiense, mas um homem cruel. E este, quem é? O sr. Wyss, diretor do ginásio? Muito simpático. Não há por que deter-se por muito tempo com gente direita. E quem está ali? Bur? O professor Bur? "É um grande prazer revê-lo." Bur é o ex-professor de aritmética mais genial do continente. Para o Instituto Benjamenta, é liberal e inteligente demais. Kraus e os outros não são alunos apropriados para o Bur, que é um mestre demasiado excepcional e exigente. Aqui no instituto não vigoram pretensões tão grandes. Mas estou sonhando com os professores da minha terra? Lá, no ginásio, transmitia-se muito conhecimento; aqui, o que se tem é outra coisa. A nós, pupilos do Instituto Benjamenta, ensinam matéria bem diferente.

Conseguirei logo uma colocação? Espero que sim. Juntas, minhas fotografias e cartas de solicitação de emprego produzem, imagino, impressão favorável. Faz pouco tempo, estive com Schilinski, pela primeira vez, num café-concerto. Como ele tremia pelo corpo todo, de timidez! Comportei-me mais ou menos como um pai amoroso. O garçom mediu-nos de cima a baixo e teve a ousadia de nos deixar plantados ali. Como, porém, com expressão bastante severa, solicitei que nos atendesse, ele de pronto se tornou gentil e nos trouxe cerveja clara em copos altos e graciosamente talhados. Ah, sim, uma pessoa tem de saber se apresentar. Quem, com o devido decoro, sabe se impor recebe tratamento senhorial. É preciso aprender a dominar as situações. Sei muitíssimo bem jogar a cabeça para trás, como se estivesse indignado, ou antes surpreso, com alguma coisa. Olho ao redor como quem diz: "Que é isso? Como assim? São todos loucos por aqui?". Funciona. Além do mais, graças a Deus aprendi no Instituto Benjamenta a manter certa postura. Sim, às vezes é como se eu tivesse o poder de brincar à vontade com o mundo e com tudo que há nele. De súbito, compreendo a essência encantadora das mulheres. O coquetismo delas me diverte, e vejo profundidade em seus movimentos triviais e em seu modo de falar. Quem não as entende quando levam uma xícara aos lábios, ou quando erguem a saia, não as entende jamais. Sua alma caminha a passos curtos sobre os saltos altíssimos das doces botinhas que calçam, e seu sorriso é a um só tempo hábito tolo e parte da história mundial. A altivez das mulheres e seu pouco entendimento são encantadores, mais ainda que as obras dos autores clássicos. Muitas vezes, esses defeitos são o que há de mais virtuoso neste mundo. E quando elas se enfurecem, então, quando se zangam? Só as mulheres sabem se zangar. Mas, quieto. É em minha mãe que penso. Como me é sagrada a lembrança dos momentos em que ela se zangava. Quieto, silêncio. O que pode um aluno do Instituto Benjamenta saber sobre tudo isso?

Não pude me conter. Entrei no escritório, curvei-me profundamente, como de costume, e disse o seguinte ao sr. Benjamenta: "Tenho braços, pernas e mãos, sr. Benjamenta, e gostaria de trabalhar. Por isso, permito-me pedir ao senhor que me arrume logo um emprego e um salário em dinheiro. O senhor tem muitos contatos, eu sei. Os mais refinados cavalheiros o procuram: gente que exibe coroa na lapela do casaco; oficiais que sacodem garbosos sabres; damas com vestidos cujas caudas rumorejam feito ondas sorridentes; senhoras de mais idade, possuidoras de enorme fortuna; velhos que recompensam com um milhão um sorriso mal esboçado; pessoas de posição, mas sem espírito, pessoas que andam de automóvel. Em resumo, senhor diretor, o mundo todo vem até o senhor". "Cuidado com essa insolência", advertiu ele. Mas, não sei, já não sentia medo nenhum de seus punhos, e continuei falando, as palavras saltavam de minha boca: "Arranje-me com urgência alguma atividade estimulante. De resto, sou da opinião de que toda e qualquer atividade é estimulante. Já aprendi tanto com o senhor, senhor diretor". Ele respondeu em tom calmo: "Você ainda não aprendeu coisa nenhuma". Ao que, então, retomei o fio da meada, dizendo-lhe: "É Deus quem ordena que eu saia para a vida. Mas o que é Deus? O senhor será meu deus, senhor diretor, se me permitir partir em busca de dinheiro e respeito". Ele silenciou por alguns instantes; depois, disparou: "Trate de sair deste escritório agora mesmo". Aquilo me irritou terrivelmente. Comecei a protestar em voz alta: "Vejo no senhor um homem excepcional, mas estou equivocado. O senhor é tão ordinário quanto a época em que vive. Vou sair daqui e abordar o primeiro que passar na rua. Uma vida de crimes é o que me resta". Eu percebia a situação perigosa em que me encontrava. Ao mesmo tempo que gritava essas palavras, corri para junto da porta, de onde berrei, furioso: "Adeus, senhor diretor!", espremendo-me cômodo afora com excepcional elasticidade. Parei no corredor e pus-me a escutar pelo buraco da fechadura. Dentro do escritório, tudo permanecia no mais absoluto silêncio. Então, rumei para a sala de aula e mergulhei na leitura do livro *O que pretende a Escola Benjamenta para rapazes.*

Nossa aula compõe-se de duas partes: uma teórica e outra prática. Ainda hoje, porém, ambas as partes mais me parecem um sonho, um conto de fadas a um só tempo absurdo e repleto de sentido. Aprender de cor é uma de nossas principais tarefas. Tenho muita facilidade para decorar as coisas. Kraus tem dificuldade, e é por isso que está sempre estudando. As dificuldades que tem a superar constituem o mistério de sua aplicação, e também a chave desse mistério. Sua memória é lenta e, no entanto, ele guarda tudo, ainda que isso demande grande empenho. O que aprende fica gravado em sua mente como numa chapa de metal, por assim dizer, de tal forma que lhe é impossível esquecê-lo. De esquecimentos e que tais não se pode falar, em se tratando de Kraus. Onde quer que se aprenda pouco é bom lugar para alguém como ele; consequentemente, o Instituto Benjamenta é excelente para Kraus. Um dos fundamentos de nossa escola diz: "Pouco, mas em profundidade". Como veio ao mundo com uma cabeça um tanto dura, Kraus se aferra a esse princípio. Aprender pouco e sempre a mesma coisa! Paulatinamente, também eu começo a compreender o grande mundo que se oculta por trás dessas palavras. Gravar de verdade alguma coisa, e para sempre! Percebo como isso é importante e, sobretudo, como é bom e digno. A parte prática, isto é, física, de nossa aula é uma espécie de repetição contínua de exercícios ou danças, tanto faz como se queira chamá-los. Exercitamos como entrar numa casa, como nos comportar diante das mulheres e coisas assim, e o fazemos copiosamente, de maneira até tediosa, mas também aí, percebo e sinto agora, oculta-se um sentido profundo. O que almejam, noto, é dar a nós, pupilos, uma formação e uma educação, e não atulhar-nos de ciências. Instruem-nos na medida em que nos obrigam a conhecer muito bem a natureza de nossa própria alma e de nosso próprio corpo. Dão-nos a entender com toda a clareza que já a coação e as privações nos formam, e que num exercício muito simples, de certa maneira até bobo, há mais bem-aventurança e verdadeiro conhecimento do que no árduo aprendizado de conceitos e significados. Vamos apreendendo uma coisa de cada vez e, apreendido o ensinamento, ele quase que se apodera de nós. Não somos nós que o possuímos, ao contrário: aquilo que transformamos em propriedade nossa é que, então, nos domina. Inculcam-nos que nossa adaptação a coisa pouca, mas sólida e segura, exerce efeito benéfico, ou seja, que devemos nos acostumar e nos amoldar a leis e mandamentos prescritos por uma rigorosa entidade exterior. É possível que desejem nos emburrecer; seja como for, querem nos apequenar. Não é que nos intimidem, de forma alguma. Nós, pupilos, sabemos bem, todos nós, que timidez é passível de punição. Quem gagueja ou demonstra medo está sujeito ao desdém de nossa senhorita professora, mas pequenos é o que nos cabe ser, assim como devemos ter consciência, plena consciência, de que grandes não somos, de modo algum. Grandes são a lei, que determina, a coação, que obriga, e as muitas normas inexoráveis a nos balizar a direção e o gosto. Aí está a grandeza, e não em nós, discípulos. Todos, eu inclusive, sentimos que somos apenas anões minúsculos, pobres, dependentes, obrigados a constante obediência. E é assim que nos comportamos: com humildade, mas também com extrema confiança. Somos todos, sem exceção, um pouco enérgicos, porque a pequenez e a necessidade em que nos vemos nos levam a acreditar com firmeza em nossas poucas conquistas. Nossa crença em nós mesmos é nossa modéstia. Se não acreditássemos em nada, não teríamos consciência do pouco que somos. Ainda assim, jovens e pequenos, somos alguma coisa. Não nos é permitido divagar ou fantasiar, somos proibidos de olhar muito longe, o que nos incute satisfação e nos torna úteis para todo e qualquer trabalho rápido. Não sabemos quase nada do mundo, mas vamos conhecê-lo, porque seremos expostos à vida e a suas tormentas. O Instituto Benjamenta é a antecâmara das salas de estar e dos faustosos salões da vida mais ampla. Aqui, aprendemos a sentir respeito e a fazer o que devem fazer aqueles que erguem os olhos rumo a algo elevado. Eu, por exemplo, estou um pouco acima disso tudo; ótimo, porque tão mais benéficas me são todas essas impressões. Eu, justamente, é que preciso aprender a sentir admiração e respeito confiante pelas coisas do mundo; do contrário, onde vou parar, se me permitir desrespeitar os mais velhos, negar Deus, zombar das leis e enfiar meu nariz juvenil em tudo quanto é sublime, importante e grandioso? Na minha opinião, é precisamente disso que padecem hoje as novas gerações, que protestam com veemência e clamam por papai e mamãe, quando deveriam curvar-se um pouco às próprias obrigações, aos mandamentos e às restrições. Não, não. Nisso, os Benjamenta são minhas amadas e brilhantes estrelas guias, tanto o senhor diretor como a senhorita, sua irmã. Vou me lembrar deles por toda a vida.

Encontrei meu irmão Johann e, aliás, em meio à mais densa multidão. Nosso reencontro configurou-se bastante amigável. Foi casual e afetuoso. Johann comportou-se de maneira muito simpática, e eu também, provavelmente. Entramos num restaurante pequeno e discreto e, ali, conversamos. "Permaneça sempre como você é, meu irmão", disse ele. "Comece bem de baixo, isso é excelente. Se precisar de ajuda..." Declinei da oferta com um leve gesto de mão. Ele prosseguiu: "Sim, porque, veja, nas alturas, quase não vale a pena viver. É um modo de dizer. Entenda-me bem, caro irmão". Fiz um animado sim com a cabeça, porque compreendi de antemão o que ele dizia, mas pedi-lhe que fosse adiante, e ele continuou: "O ar que se respira nas alturas... Bem, por lá, predomina aquela atmosfera de quem julga que já fez o bastante, e isso tolhe, restringe. Espero que você não esteja me entendendo bem, porque, se estiver, você é, na verdade, uma criatura repulsiva". Rimos. Ah, poder rir com o próprio irmão, como é belo. Ele disse: "No momento, meu caro irmão, você é um zero à esquerda, por assim dizer. Mas, quando se é jovem, um zero à esquerda é o que se deve ser, porque nada é mais pernicioso do que tornar-se alguma coisa ainda cedo, muito cedo. É verdade que, para nós mesmos, sempre significamos alguma coisa. Parabéns. Fantástico. Mas, para o mundo, você não é nada, o que é quase igualmente fantástico. Tenho sempre a esperança de que você não esteja me entendendo lá muito bem, porque, se estiver...". "Eu sei: aí é porque sou uma criatura repulsiva", interrompi-o. Rimos de novo. Foi muito divertido. Um fogo curioso começou a me animar. Meus olhos ardiam. Isso, aliás, eu adoro, quando me sinto arder assim. Minha cabeça fica toda vermelha. E pensamentos repletos de pureza e dignidade costumam tomar-me de assalto. Johann prosseguiu, dizendo: "Irmão, por favor, não me interrompa. Esse seu sorriso tolo e jovem sufoca o pensamento. Escute bem! Preste atenção. O que estou lhe dizendo pode vir a ser útil algum dia. Acima de tudo, nunca se julgue excluído. Exclusão é coisa que não existe, meu irmão, porque talvez não haja nada neste mundo que seja verdadeiramente digno de almejar. E, no entanto, você deve se empenhar, empenhar-se até com paixão. Mas, para evitar a ansiedade demasiada, guarde bem isto: não há nada, nada que valha a pena almejar. Tudo é podre. Você compreende? Olhe, tenho sempre esta esperança de que você não seja capaz de entender bem isso tudo. Fico preocupado". Respondi-lhe: "Infelizmente, sou inteligente demais para, ao contrário do que você espera, não compreender o que você está me dizendo. Mas não se preocupe. Essas suas revelações não me apavoram nem um pouco". Sorrimos um para o outro. Em seguida, pedimos mais alguma coisa para beber, e Johann, com um aspecto muito elegante, aliás, prosseguiu com seu discurso: "De fato, existe progresso neste mundo, por assim dizer, mas ele é só mais uma das muitas mentiras espalhadas pelos homens de negócios, com o propósito de, com ainda maior atrevimento e desconsideração, arrancar dinheiro das pessoas. A massa é o escravo de hoje, e o indivíduo é escravo dessa ideia grandiosa de massa. Beleza e excelência não existem mais. Você precisa sonhar com o belo, o bom e o justo. Diga-me, você sabe sonhar?". Limitei-me a assentir duas vezes com a cabeça e, com ouvidos atentos e curiosos, deixei que Johann fosse adiante: "Tente ganhar muito, muito dinheiro. O dinheiro não se arruinou; todo o resto, sim. Tudo, tudo mesmo, está corrompido, partido, privado de honra e esplendor. Nossas cidades desaparecem sem cessar da face da Terra. Blocos de concreto ocupam o espaço das casas e dos palácios principescos. O piano, meu caro irmão, o martelar que hoje nele se perpetra! Concertos e teatros sucumbem pouco a pouco a patamares cada vez mais baixos. É verdade que ainda existe uma sociedade a dar o tom, mas ela já não possui a capacidade de fazer soar a dignidade e a elegância. Há livros... Em suma, jamais desanime. Permaneça pobre e desprezado, meu caro amigo. Livre-se até da ideia de ganhar dinheiro. Ser de fato um pobre-diabo é o que há de mais belo e vitorioso. Os ricos, Jakob, são muito insatisfeitos e infelizes. A gente rica de hoje em dia não tem mais nada. São os verdadeiros famintos". Tornei a assentir. É verdade, digo sim com muita facilidade a tudo. Mas de fato me agradava, e servia-me bem, o que Johann dizia. Havia orgulho em seu discurso, e pesar. Orgulho e pesar, combinados, sempre soam bem. De novo, pedimos cerveja, e meu interlocutor prosseguiu: "Você precisa ter esperança e, no entanto, não esperar coisa nenhuma. Erga, sim, os olhos na direção de seus anseios, Jakob; é o que você deve fazer, porque é jovem, desavergonhadamente jovem. Mas não se esqueça de desprezar aquilo que eles contemplam com tanta reverência. Está concordando de novo? Meu Deus, mas que ouvinte mais compreensivo! Você é uma árvore carregada de compreensão. Contente-se, meu caro Jakob; empenhe-se, aprenda, faça algo de belo e de bom a alguém, se possível. Agora venha, preciso ir. Diga-me, quando nos vemos de novo? Falando com toda a franqueza, você me interessa". Saímos e, lá fora, na rua, nos despedimos um do outro. Fiquei ainda um bom tempo olhando para meu querido irmão. Sim, é meu irmão. E como isso me alegra.

Meu pai tem carruagens, cavalos e um criado, o velho Fehlmann. Mamãe tem seu próprio camarote no teatro. Como a invejam as mulheres de nossa cidade de vinte e oito mil habitantes. A despeito da idade, minha mãe ainda é uma mulher vistosa, bonita mesmo. Lembro-me de um vestido azul-claro e justo que ela usou certa vez. Segurava aberta a sombrinha de um branco delicado. O sol brilhava. Fazia um dia esplendoroso de primavera. As ruas cheiravam a violetas. As pessoas passeavam e, sob o verde das árvores do parque, a banda municipal dava um concerto. Como tudo era doce e claro! Uma fonte rumorejava e, vestindo roupas claras, crianças riam-se e brincavam. Uma brisa delicada e carinhosa soprava perfumes, despertando um anseio pelo inefável. Os moradores espiavam pelas janelas das casas na Neuquartierplatz. Luvas de um amarelo suave recobriam as mãos pequenas e os braços adoráveis de minha mãe. Johann já morava no exterior por essa época. Mas meu pai estava lá. Não, nunca aceito ajuda (dinheiro) de meus pais, a quem venero com carinho. O orgulho ferido acabaria por atirar-me numa cama, e seria o fim de meus sonhos de construir uma vida baseada no esforço próprio, aniquilados estariam os planos de autoeducação que ardem em meu peito. Pois aí está: foi, digamos, para me autoeducar, ou para me preparar para uma futura autoeducação, que me tornei pupilo deste Instituto Benjamenta, porque aqui nos prevenimos para o duro e o sombrio que está por vir. É por isso também que não escrevo para meus pais, porque já um simples relato me desencaminharia, arruinaria por completo meu plano de começar bem de baixo. Uma empreitada grandiosa e ousada precisa acontecer em silêncio absoluto, ou estará corrompida, debilitada, e o fogo já vívido tornará a se extinguir. Conheço meus gostos, é quanto basta. Ah, sim, ia me esquecendo. De nosso velho criado, Fehlmann, que segue vivo e servindo, tenho uma história divertida para contar. É o seguinte. Um dia, Fehlmann cometeu uma falta grosseira e seria demitido. "Fehlmann", disse minha mãe, "pode ir. Não precisamos mais de você." O coitado do homem, que acabara de enterrar um filho, morto de câncer (divertido não é), atirou-se, então, aos pés dela e foi logo suplicando clemência. O pobre-diabo tinha lágrimas nos olhos velhos. Mamãe o perdoou. No dia seguinte, contei o episódio a meus camaradas, os irmãos Weibel, que se puseram a rir muito de mim e a me desdenhar. Daí em diante, passaram a me recusar sua amizade, porque, em sua opinião, vigoravam em nossa casa hábitos demasiado monárquicos. Acharam suspeita a história de lançar-se aos pés de alguém e começaram a caluniar da maneira mais disparatada tanto a mim como a minha mãe. Como verdadeiros garotos, sim, mas também como verdadeiros republicanos mirins, aos quais o uso da clemência ou da inclemência, pessoal ou senhorial, inspira horror e repugnância. Como tudo isso me parece engraçado agora! E, no entanto, como esse pequeno incidente é emblemático do correr dos tempos. O juízo dos irmãos Weibel de outrora é hoje o do mundo todo. Assim é, de fato: as pessoas não mais toleram cavalheiros e damas, nada que seja senhorial. Já não existem senhorias que possam fazer o que bem entendam, e há muito tempo desapareceram as grandes damas. Devo me entristecer por isso? Nem me passa pela cabeça fazê-lo. Por acaso, sou responsável pelo espírito desta nossa época? Aceito-a como ela é, reservando-me apenas o direito de fazer minhas observações. O bom Fehlmann: ele, sim, pôde ainda receber o perdão à moda antiga. Lágrimas de lealdade e fidelidade, como é bonito isso...

Das três horas da tarde em diante, nós, discípulos do Instituto Benjamenta, somos praticamente deixados a nossa própria sorte. Ninguém mais cuida de nós. A diretoria oculta-se em suas dependências particulares, ao passo que, na sala de aula, reina um grande vazio, um vazio que quase nos deixa doentes. Não se pode fazer barulho nenhum. Caminhar, apenas deslizando pelo chão ou na ponta dos pés, e falar, somente por sussurros. Schilinski contempla sua imagem no espelho, Schacht olha pela janela ou gesticula para as moças da cozinha defronte, e Kraus decora as lições, murmurando-as para si mesmo. Por toda parte, impera um silêncio mortal. O pátio jaz ali, abandonado, qual uma eternidade retangular, e eu, em geral, me levanto, exercitando-me em minha habilidade de ficar em pé numa perna só. Muitas vezes, para variar um pouco, prendo a respiração por um longo período de tempo. Também isso é um exercício, e um médico até me disse certa vez que faz bem à saúde. Ou então escrevo. Ou fecho os olhos nada cansados, apenas para não ver mais coisa nenhuma. Os olhos trazem pensamentos, e é por isto que eu os fecho de tempos em tempos: para não precisar pensar em nada. Quando se fica à toa, sem nada para fazer, é que, de súbito, sente-se como a existência pode ser penosa. Não fazer nada e, ainda assim, manter a compostura é coisa que demanda energia; comparativamente, a vida é mais fácil para quem tem o que fazer. Nós, pupilos, somos mestres nessa modalidade de decoro. Normalmente, o desocupado começa, por exemplo, a relaxar, espernear, bocejar ou suspirar um pouco. Isso, nós, discípulos, não fazemos. Selamos os lábios e permanecemos imóveis. Sobre nossas cabeças paira sempre o taciturno regulamento. Às vezes, quando estamos ali, sentados ou à toa, a porta se abre, e a srta. Benjamenta põe-se a caminhar lentamente pela sala de aula e a nos contemplar de forma singular. Nessas ocasiões, ela mais parece um espírito. Como alguém vindo de muito, muito longe. "Que estão fazendo, rapazes?", ela costuma perguntar, e segue adiante, sem esperar pela resposta. Como é bela. Que abundante profusão de cabelos negros. Na maioria das vezes, nós a vemos com os olhos baixos. Voltados para o chão, eles revelam aspecto magnífico. Suas pálpebras (ah, sim, examino isso tudo com muita atenção) exibem curvatura exuberante, prestando-se maravilhosamente ao movimento brusco. Que olhos! Contemplá-los é como olhar para o interior de um abismo profundo e assustador. São olhos que, em seu cintilante negrume, parecem a um só tempo dizer nada e dizer tudo quanto é indizível, de tão familiares e estranhos. Sobre eles, arqueiam-se e distendem-se sobrancelhas finas a ponto de se partir. Quem as examina sente picadelas. São como luas minguantes num céu noturno de palidez doentia, como feridas delgadas, mas tanto mais lancinantes, que cortam por dentro. E aquelas maçãs do rosto! Anseio e hesitação silentes parecem celebrar festas em suas faces. Nelas, delicadeza e ternura incompreendidas vertem lágrimas. Por vezes, na neve resplandecente daquelas faces surge o rubor de uma leve súplica, uma vida avermelhada e tímida, um sol, ou, antes, apenas seu débil reflexo. Aí, então, é como se as maçãs do rosto de repente abrissem um sorriso, ou como se uma febrícula as acometesse. Quem contempla as faces da srta. Benjamenta perde a vontade de seguir vivendo, porque se vê tomado pela sensação de que a vida só pode ser um amontoado infernal das mais indignas grosserias. Uma visão tão terna que, quase imperiosamente, nos faz deparar com o penoso e o ameaçador. E seus dentes, que vemos rebrilhar quando a boca amável e voluptuosa sorri? Ou quando ela chora. Vendo-a chorar, só se pode crer que a própria Terra, de vergonha e dor, haveria de despencar de seus pontos de apoio. E ouvi-la chorar, então? Ah, aí só resta morrer. Faz pouco tempo, nós a ouvimos chorar no meio da aula. Trememos, todos, como varas verdes. Sim, todos nós, que a amamos. Ela é nossa mestra, nosso ser superior. E está sofrendo, isso está claro. Estará doente?

A srta. Benjamenta trocou algumas palavras comigo na cozinha. Eu estava prestes a me recolher, quando, sem nem sequer me dirigir um olhar, ela perguntou: "Como vai você, Jakob? Está tudo bem?". Como é próprio, assumi de pronto posição de sentido e, em tom submisso, respondi: "Ah, com toda a certeza, senhorita. Só posso estar bem". Então, depois de um débil sorriso, ela prosseguiu: "O que você quer dizer com isso?". Perguntou-o casualmente, por sobre o ombro. E eu respondi: "Não me falta nada". A srta. Benjamenta fitou-me por um breve instante, em silêncio. Depois, tornou a falar. "Você pode ir, Jakob. É livre. Não precisa ficar aí, parado." Curvando-me, rendi-lhe, então, o respeito regulamentar e retirei-me para o quarto. Nem cinco minutos haviam se passado, quando ouvi baterem. Precipitei-me na direção da porta. Conhecia aquelas batidas. E lá estava ela diante de mim. "Escute, Jakob", principiou, "me diga uma coisa: você se dá bem com seus colegas? São todos simpáticos, não são?" Respondi que todos, sem exceção, me pareciam dignos de simpatia e respeito. Com belos olhos sagazes, a professora então me contemplou e comentou: "Bem, mas... com Kraus você briga, não é mesmo? Para você, brigar é sinal de amor e respeito?". Revidei sem titubear: "Em certo sentido, sim, senhorita. De resto, não brigo tão a sério. Se Kraus tivesse alguma perspicácia, perceberia que, na verdade, é até, dos colegas todos, o meu preferido. Tenho muito, muito respeito por ele. Seria doloroso para mim se a senhorita não acreditasse nisso". Ela pegou na minha mão, apertou-a de leve e disse: "Tenha calma. Veja só como você fica agitado. Esquentadinho é o que você é. Se é assim, como você diz, só posso ficar satisfeita, não é? E continuarei satisfeita, se você mantiver esse bom comportamento. Lembre-se: Kraus é um excelente rapaz, e você me ofenderia se o tratasse com desrespeito. Seja simpático com ele. É o que eu mais desejo. Mas não fique triste. Entenda, não estou censurando você. Que aristocrata mais mimado e mal-acostumado você é! Kraus é um menino tão bom. É boa pessoa, não é, Jakob?". "Sim", respondi. Nada mais que um sim e, de repente, comecei a rir feito bobo, sem nem saber por quê. A srta. Benjamenta balançou a cabeça e se foi. Por que tive de rir? Até hoje não sei. De todo modo, o episódio é demasiado insignificante. Quando vou conseguir algum dinheiro? Essa questão é que me parece decisiva. A meus olhos, o dinheiro possui no momento um valor inteiramente ideal. Só de imaginar o som de uma moeda de ouro já quase deliro. Tenho o que comer, mas e daí? Queria mesmo era ser rico. Em breve, eu talvez nem coma mais nada.

Se fosse rico, não daria a volta ao mundo, de jeito nenhum. Não seria de todo ruim fazê-lo. Mas não vejo nada de inebriante em conhecer de passagem terras estrangeiras. De modo geral, eu repudiaria essa possibilidade de, como se diz, complementar minha formação. A profundidade, a alma, ser-me-ia mais atraente do que o distante e o remoto. Examinar aquilo que me é próximo, sim, me encantaria. Eu tampouco compraria alguma coisa para mim. Não adquiriria nenhuma propriedade. Compraria, talvez, algumas peças elegantes de vestuário, roupa de baixo refinada, uma cartola, modestas abotoaduras de ouro, sapatos de verniz de bico fino, e isso seria mais ou menos tudo de que eu precisaria para sair por aí. Não iria querer uma casa, um jardim, um criado; ou, antes, um criado, sim, contrataria um bom e honrado Kraus. E aí, então, poderia partir. Sairia para a rua em meio à névoa vaporosa. O frio melancólico do inverno combinaria maravilhosamente com minhas moedas de ouro. As cédulas de dinheiro, eu as levaria numa carteira simples. Andaria a pé, à maneira habitual, com o propósito secreto e inconsciente de não ostentar em demasia minha riqueza principesca. Talvez nevasse. Para mim, tanto faria, ou, pelo contrário, estaria bem. A neve macia caindo nos postes iluminados do começo da noite. Resplandeceria, seria encantador. Eu jamais pensaria em embarcar numa caleche. Isso é coisa que só fazem os que têm pressa ou querem se passar por nobres. Não iria querer me passar por nobre, nem teria pressa nenhuma. Os pensamentos me viriam ao caminhar. De repente, cumprimentaria alguém muito polidamente e, vejam, esse alguém seria um homem. Eu o contemplaria com toda a educação e veria, então, sua situação precária. Não veria, na realidade: perceberia, porque isso é coisa que se percebe, que mal se pode ver de fato, mas que se nota por algum detalhe. Aí, então, esse homem me perguntaria o que eu quero, e a pergunta revelaria boa formação. Seria uma pergunta feita com grande suavidade e simplicidade, o que me abalaria. Sim, porque minha expectativa teria sido ouvir algo rude. "Alguma ferida profunda esse homem há de ter", diria a mim mesmo de imediato, "senão teria se irritado." E então eu não diria nada, absolutamente nada; apenas seguiria contemplando-o mais e mais. Não de modo a encará-lo, não, isso não; mas com simplicidade, talvez até com certa alegria. E saberia então quem ele é. Abriria minha carteira, puxaria dez mil marcos em notas de mil e daria a soma ao homem. Em seguida, ergueria meu chapéu tão elegantemente quanto antes, lhe desejaria uma boa noite e partiria. E a neve continuaria a cair. Em meu caminhar, já não pensaria em nada, nem sequer poderia fazê-lo, porque me sentiria bem demais para tanto. Saberia com certeza que tinha dado o dinheiro a um artista na mais repulsiva miséria. Sim, eu saberia, porque não teria podido me enganar. Ah, haveria uma grande, uma terrível, uma verdadeira preocupação a menos no mundo. Então, na noite seguinte, outras ideias, bem diferentes, talvez me ocorressem. Seja como for, não daria a volta ao mundo; preferiria cometer loucuras e desvarios. Poderia, por exemplo, dar um banquete absurdamente rico e carregado de prazeres, promover orgias jamais vistas. Faria com que custassem centenas de milhares de marcos. O dinheiro com certeza seria gasto de forma desconcertante, porque só o dinheiro desperdiçado seria — ou teria sido — belo. E um dia, então, precisaria mendigar; o sol brilharia e eu estaria contente. Com quê, isso eu nem desejaria saber. E minha mãe chegaria e me abraçaria com força... Ora, um belo devaneio é o que tudo isso é.

Kraus traz algo de antigo no rosto e em todo o seu ser, e essa antiguidade que ele irradia conduz à Palestina quem o contempla. Os tempos de Abraão revivem no semblante de meu colega de escola. A velha época patriarcal, com seus costumes e paisagens misteriosos, vem à tona e nos lança um olhar paternal. Para mim, é como se outrora só existissem pais com rostos vetustos e longas barbas castanhas desgrenhadas, o que, por certo, não passa de um absurdo; e, no entanto, talvez haja nessa sensação, de resto ingênua, algo que corresponda aos fatos. Sim, outrora! Já essa palavra, *outrora*, soa paternal e familiar. Nos velhos tempos de Israel podia ainda haver, aqui e ali, um papai Isaac ou Abraão, um pai que gozava de respeito e vivia sua velhice em riqueza natural, feita de terras. Naquela época, a velhice avançada revestia-se de certa majestade. Anciãos eram como reis, e o número de anos vividos equivalia à quantidade de direitos de soberania adquiridos. E como permaneciam jovens aqueles velhos! Aos cem anos, seguiam fazendo filhos e filhas. Dentistas não havia, o que leva à suposição de que, antigamente, inexistiam dentes estragados. Como é belo, por exemplo, José no Egito. Kraus tem algo de José na casa de Potifar. Vendido como jovem escravo, vejam só, foi conduzido a um homem de bem, fino e riquíssimo. Era escravo da casa, mas vivia muito bem. Talvez as leis de outrora fossem inumanas, mas, em compensação, usos, costumes e posturas eram mais suaves e elegantes. Hoje, um escravo estaria em situação bem pior. Deus o livre! Aliás, são muitos os escravos entre nós, homens modernos, orgulhosos e arruinados. Talvez todos nós, homens de hoje, sejamos como escravos, dominados por concepções de mundo zangadas, chicoteantes e grosseiras. Pois bem, um dia a senhora da casa demanda que José lhe faça as vontades. Como é curioso que ainda hoje se saibam à perfeição essas histórias antiquíssimas, repetidas de boca em boca ao longo dos tempos. Toda escola primária ensina essa mesma história, e, no entanto, critica-se o pedante. Eu detesto as pessoas que subestimam o belo pedantismo; são gente vulgar, de pouco discernimento. Bem, Kraus, então, se recusa — quero dizer, José se recusa. Mas bem que podia ter sido Kraus, porque ele tem algo de José no Egito. "Não, minha senhora, isso eu não vou fazer. Devo lealdade a meu senhor." Ao que a mulher, absolutamente encantadora, acusa o jovem criado de haver cometido uma vileza, ou seja, de ter pretendido seduzi-la a dar um passo em falso. O resto da história não sei. É curioso: não sei o que Potifar disse ou fez em seguida. O Nilo, porém, vejo sempre com grande nitidez. É verdade: Kraus poderia muito bem ter sido José, tanto quanto qualquer outra coisa. Postura, figura, semblante, penteado e gestos exibem semelhança incomparável. E mesmo suas erupções cutâneas, que, por infelicidade, não saram nunca. Pústulas têm algo de bíblico, de oriental. E a moral, o caráter, a sólida presença de castas virtudes juvenis? Combinam maravilhosamente. José no Egito também há de ter sido um pedante, em certa medida, firme na sela, ou teria obedecido à lasciva senhora e faltado com a lealdade para com seu senhor. Kraus agiria da mesmíssima forma que seu sósia no antigo Egito. Ergueria as mãos suplicantes e, com um misto de rogo e repreensão, diria: "Não, não, isso eu não faço" etc.

Meu querido Kraus! Meus pensamentos sempre me levam de volta para ele. Em sua pessoa, pode-se ver tão bem o real significado da palavra *formação*. No futuro, aonde quer que vá, ele sempre será visto como um ser útil mas de formação deficiente, ao passo que para mim sua formação é que é completa, e sobretudo porque Kraus representa uma totalidade sólida e benéfica. Ele exibe precisamente o que se pode chamar de boa formação humana. Em torno dele não revoam conhecimentos alados e sussurrantes, mas, em compensação, algo repousa em seu ser, algo sobre o qual ele próprio pousa e repousa. Em Kraus, pode-se confiar de peito aberto. Ele jamais trairá ou caluniará quem quer que seja, e é isto, acima de tudo, essa sua ausência de tagarelice, que eu chamo de boa formação. Quem fala demais é um enganador; pode até ser alguém muito simpático, mas sua fraqueza, o fato de querer papaguear tudo que pensa, o torna um mau camarada, um sujeito vulgar. Kraus se preserva, sempre guarda coisas para si, acredita não ser necessário sair por aí, matraqueando sem parar, o que transmite uma impressão de bondade e de vívido respeito. É o que chamo de boa formação. Não que ele seja amável; antes, é amiúde bastante grosseiro com pessoas da sua idade e do seu sexo, e é por essa razão que gosto tanto dele: isso prova que não é versado na prática da traição brutal e inconsiderada. Com todos, é fiel e decente. Sim, porque aí está: com sua amabilidade vulgar, as pessoas em geral costumam sair por aí a macular da forma mais horrível a reputação e a vida de seus vizinhos, dos amigos e até mesmo de um irmão. Kraus não sabe muita coisa, mas ele nunca, jamais é desrespeitoso; ao contrário, submete-se sempre a mandamentos que ele próprio se impõe, e isso é o que chamo de boa formação. O que um ser humano tem de amável e de escrupuloso, isso é boa formação. E Kraus tem tanto mais. Tão distante, como é, de todo e qualquer egoísmo, por mínimo que seja, e tão próximo da autodisciplina. Eis aí, penso eu, o que levou a srta. Benjamenta a me dizer: "Ele é uma boa pessoa, não é, Jakob?". Sim, é. Perder esse meu colega seria perder o reino dos céus, bem o sei. Por essa razão, sinto já, neste momento, quase medo de seguir brigando tão impensadamente com ele. Quero apenas contemplá-lo, contemplá-lo sempre e de novo, porque, no futuro, terei de me contentar com sua imagem, uma vez que a vida brutal vai com certeza nos separar.

Agora compreendo também por que Kraus não possui aparência vantajosa, nenhuma graça física, isto é, por que a natureza o comprimiu qual um anão e o enfeou tanto. É que ela tem outros planos para ele, tem com ele outras pretensões, ou já as tinha desde o início. Talvez Kraus seja um ser humano puro demais para ela, razão pela qual a natureza o enfiou num corpo pouco vistoso, diminuto, desprovido de beleza, para protegê-lo do sucesso corruptor de uma bela aparência. Ou então o motivo pode ter sido outro; talvez ela estivesse zangada e tenha sido maldosa ao criá-lo. E, no entanto, como deve agora arrepender-se de ter agido qual verdadeira madrasta com Kraus. Mas quem é que sabe? Pode ser que a natureza esteja contente com a obra-prima desprovida de encantos que produziu, e, de fato, teria razões para tanto, porque, falto de toda e qualquer graça, Kraus é mais bonito e gracioso do que as mais graciosas e belas das criaturas. Não irradia talentos, e sim o brilho débil de um coração bom e íntegro, e seus modos, toscos e simplórios, talvez sejam, a despeito do que possuem de ásperos, o que de mais belo pode haver na sociedade humana, tanto nos gestos como nas maneiras. Não, sucesso Kraus jamais obterá, nem com as mulheres, que o acharão árido e feio, nem na vida mundana de um modo geral, que passará por ele sem lhe dar nenhuma atenção. Atenção? Não, Kraus jamais será alvo de atenção, e é no próprio fato de ele viver sua vida dessa maneira, sem que prestem a menor atenção nele, que reside o maravilhoso, o planejado, aquilo que lembra o Criador. Deus põe um Kraus no mundo a fim de provê-lo de mistério profundo e insolúvel, por assim dizer. E esse mistério jamais será compreendido, porque, vejam, ninguém se dará ao trabalho de solucioná-lo, e é por isso mesmo que esse mistério chamado Kraus é tão magnífico e profundo: porque ninguém almeja solucioná-lo, já que nenhum ser humano imaginará existir alguma missão, algum enigma ou algum significado mais delicado por trás desse Kraus anônimo e insignificante. Ele é genuína obra divina, um nada, um criado. Inculto, capaz de realizar apenas trabalhos os mais pesados, assim é que, além de estranho, ele parecerá a todos. E nisso, nesse juízo que farão dele, as pessoas não estarão enganadas; pelo contrário, terão toda a razão, porque, afinal, é a verdade. Kraus, a modéstia em pessoa, o coroamento, o palácio da humildade, quer, sim, fazer trabalhos menores, é o que ele pode e deseja realizar. Não pensa em outra coisa a não ser em ajudar, obedecer e servir, o que as pessoas logo vão perceber, aproveitando-se disso para explorá-lo, e no fato de ele ser explorado reside uma justiça áurea e divina, radiante de luz e bondade. Sim, Kraus é a própria imagem de um ser justo, absolutamente monótono, monossilábico e unívoco. Ninguém haverá de desconhecer a simplicidade dessa criatura, o que é também a razão pela qual ninguém lhe dará atenção, e ele permanecerá para sempre privado do sucesso. Acho isso encantador, encantador mesmo, três vezes encantador. Ah, o que Deus cria é tão pleno de graça, tão atraente, tão ricamente adornado de encantos e reflexão. Pensarão que exagero. Bem, a verdade, devo dizer, é que isso está longe de constituir exagero. Não, em Kraus jamais florescerá o sucesso, a fama ou o amor, e isso é muito bom, porque os êxitos se fazem acompanhar única e inevitavelmente do atordoamento e de fúteis visões de mundo. Quando as pessoas alcançam sucesso e reconhecimento, notamos de imediato, porque, fartas de satisfação consigo mesmas, elas se tornam quase gordas, e a força da vaidade as incha feito balões, deixando-as irreconhecíveis. Que Deus proteja um bom homem do reconhecimento das multidões. Quando não o arruína, ele só faz confundi-lo e drenar suas forças. Gratidão, sim. Gratidão é outra coisa, bem diferente. Mas, a uma pessoa como Kraus, ninguém vai nem agradecer, o que tampouco é necessário. De dez em dez anos, talvez alguém lhe diga: "Obrigado, Kraus". E ele, então, vai abrir um sorriso idiota, pavorosamente idiota. Relapso, meu Kraus jamais será, porque vai enfrentar impiedosas dificuldades, cada vez maiores. Creio que sou dos pouquíssimos — talvez o único, ou talvez acompanhado de mais duas ou três pessoas — que saberão avaliar o que têm ou tiveram na pessoa de Kraus. A srta. Benjamenta, sim, ela também sabe. E talvez o senhor diretor. Sim, com certeza. O sr. Benjamenta é decerto perspicaz o bastante para reconhecer o valor de Kraus. Preciso parar de escrever por hoje. Fico muito entusiasmado. Enlouqueço. E as letras começam a cintilar e a dançar diante dos meus olhos.

Nos fundos do instituto há um velho jardim abandonado. Toda vez que o vejo de manhã cedinho, pela janela do escritório (eu e Kraus fazemos a faxina, manhã sim, manhã não), sinto pena dessa sua situação de desleixo, tenho sempre vontade de descer lá para cuidar dele. Mas isso é mero sentimentalismo. Para o inferno com essa brandura que só faz nos desencaminhar. Há outros jardins, bem diferentes, no Instituto Benjamenta. Caminhar pelo jardim real é proibido. Pupilo nenhum pode adentrá-lo, não sei bem por quê. Contudo, como disse, temos outros jardins, talvez mais belos que o de verdade. Em nosso manual, *O que pretende a Escola Benjamenta para rapazes*, lê-se à página 8: "A boa conduta é um jardim em flor". Ou seja, nesses jardins, espirituais e sensíveis, podemos brincar à vontade. Não é ruim. Se um de nós se comporta mal, o que era jardim se transforma como se por si só num inferno repugnante e sombrio. Se, porém, o pupilo é um bom menino, sua recompensa será um passeio involuntário pelo verde umbroso salpicado de raios de sol. Que coisa mais sedutora! E, em minha modestíssima opinião juvenil, há alguma verdade nesse simpático ensinamento. Se alguém se comporta de modo estúpido, só lhe resta envergonhar-se e irritar-se, e aí está o embaraçoso inferno em que lhe cabe suar. Se, no entanto, ao contrário, ele é atencioso e se comporta com docilidade, um ser invisível, familiar, uma espécie de gênio, o toma pela mão, e esse é o jardim, a boa fortuna, e ele poderá perambular involuntariamente por campos verdejantes e acolhedores. Se é lícito a um aluno do Instituto Benjamenta sentir-se satisfeito consigo mesmo — o que é raro acontecer, porque paira sobre nós o granizo, os relâmpagos, a neve e a chuva do regulamento —, um perfume o envolve, e esse é o doce perfume do louvor modesto mas conquistado com valentia. Quando a srta. Benjamenta profere palavras de louvor, espraia-se o perfume; quando suas palavras são de crítica, a sala de aula torna-se sombria. Que mundo estranho esta nossa escola. Se o pupilo se comporta bem e com decoro, de súbito algo se arqueia sobre sua cabeça, e esse algo é o céu azul e insubstituível sobre o jardim imaginário. Quando nós, discípulos, somos pacientes e conseguimos nos manter firmes nesse nosso empenho, naquilo que se denomina esperar e perseverar, então um brilho dourado surge de repente diante de nossos olhos cansados, e sabemos que esse brilho é o do sol lá no céu. Para todo aquele que se sente honesta e legitimamente cansado, o sol brilha. E, se não nos flagramos nutrindo desejos impuros, o que nos traz tanta infelicidade, aí então ouvimos... ei, o que é isto? São pássaros cantando! E são mesmo os felizes e pequenos cantores de nosso jardim, com suas belas penas, que ouvimos trilar em graciosa algazarra. Cabe, então, a pergunta: nós, pupilos do Instituto Benjamenta, precisamos de outros jardins, além daqueles que nós mesmos criamos? Somos ricos senhores quando nos portamos com graça e decência. Quando eu, por exemplo, sou tomado do desejo de possuir algum dinheiro, o que infelizmente acontece com demasiada frequência, aí mergulho no abismo profundo da avidez desesperançada e furiosa; ah, sim, sofro, me consumo e tenho mesmo de duvidar de toda e qualquer possibilidade de salvação. Se, então, contemplo Kraus, apodera-se de mim uma satisfação profunda, maravilhosa, murmurante como uma fonte. É a fonte pacífica da modéstia a rumorejar por nosso jardim, a me trazer tanta felicidade, tanto bom humor e tanta disposição para o bem. Ah, e como não haveria de amar Kraus? Se um de nós fosse um herói, ou melhor, se um de nós tivesse sido um herói, alguém que houvesse realizado um feito corajoso, pondo em risco a própria vida (como afirma nosso manual), essa pessoa poderia, então, adentrar o pórtico secreto que o verde de nosso jardim oculta, e ali uma boca a beijaria. Que boca, o manual não diz. De resto, não somos heróis. Para quê, afinal? Em primeiro lugar, falta-nos oportunidade para tanto; em segundo, não sei bem se, por exemplo, Schilinski ou o grandão do Peter estariam dispostos a sacrifícios. Mesmo sem beijos, heróis ou pórticos, nosso jardim é bonito, creio. Sinto calafrios só de falar em heróis. Sobre esse assunto, melhor eu me calar.

Faz pouco tempo, perguntei a Kraus se, de vez em quando, ele não sentia certo tédio. Com uma expressão de desgosto naquele seu olhar exprobratório, meu colega refletiu um pouco e disse: "Tédio? Você com certeza não está no seu juízo perfeito, Jakob. E permita-me dizer que suas perguntas são tão ingênuas quanto pecaminosas. Quem poderia entediar-se neste mundo? Você, talvez. Eu, não: posso lhe garantir. Estou decorando este livro. Agora, diga: eu lá tenho tempo para entediar-me? Que perguntas mais tolas você faz. Pessoas nobres talvez se entediem; Kraus, não. E você na certa se entedia, ou não pensaria no assunto, nem viria aqui, me perguntar uma coisa dessas. Sempre podemos nos ocupar um pouco, quando não externa, ao menos internamente; podemos murmurar, Jakob. Com certeza, você já quis rir de mim diversas vezes, por causa dos meus murmúrios, mas ouça bem e me diga: sabe você porventura o que eu murmuro? Palavras, meu caro Jakob, estou sempre murmurando e repetindo palavras. Isso é saudável, posso lhe assegurar. Desapareça daqui com esse seu tédio. Tédio é para aqueles que ficam sempre à espera de que algo exterior venha animá-los. Onde há mau humor, onde há anseio, é aí que o tédio aparece. Vá embora, não me aborreça, deixe-me estudar e vá procurar alguma coisa para fazer. Empenhe-se em alguma tarefa, e o tédio com certeza desaparecerá. E, no futuro, por favor, evite essas perguntas tolas, bem capazes de tirar qualquer um do sério". Então, perguntei a ele: "Kraus, você não estaria desconversando?". E pus-me a rir. Mas ele se limitou a me olhar com enorme compaixão. Não, Kraus jamais, jamais seria capaz de se entediar. Isso eu já sabia muito bem; só quis, de novo, irritá-lo. Como é feio da minha parte fazê-lo, que coisa mais vazia. Preciso melhorar muito. Como é ruim esse meu desejo constante de zombar dele, de chateá-lo. E, no entanto, como é encantador. Suas reprimendas me soam tão divertidas. Tem algo de pai Abraão nas advertências de Kraus.

Que sonho mais assustador tive há poucos dias. Nele, eu me tornara um ser humano ruim, muito ruim; de que maneira, isso o sonho não revelou. Tinha me transformado num bruto da cabeça aos pés, num punhado de carne aperaltado, torpe e atroz. Estava gordo, aparentemente muitíssimo bem de vida. Anéis cintilavam nos dedos das minhas mãos disformes, e eu tinha uma barriga da qual pendiam, desleixados, quilos e mais quilos de dignidade sob a forma de carne. Sentia-me tão bem por poder descarregar ordens e humores. Diante de mim, numa mesa farta, resplandeciam os objetos de uma insaciável avidez por comida e bebida, garrafas de vinho e licor, além dos mais seletos pratos frios. Eu só podia me servir, o que fazia de tempos em tempos. Facas e garfos ostentavam as lágrimas de adversários derrotados, e, juntamente com o tilintar das taças, ressoavam os suspiros de muitos pobres, mas os rastros das lágrimas só me faziam rir, ao passo que os suspiros desesperançados eram como música para mim. Precisava de uma música de fundo, e ali estava ela. Ao que tudo indicava, havia feito belíssimos negócios à custa do bem-estar dos outros, o que alegrava sobremaneira minhas vísceras. Ah, sim, como me deleitava a consciência de haver puxado o tapete de tanta gente! Então, toquei a campainha. Um velho entrou no salão, ou, melhor dizendo, rastejou salão adentro, e era a sabedoria de vida, que se arrastou até minhas botas, a fim de beijá-las. Permiti àquele ser degradado que o fizesse. Pensem bem: a experiência, bom e nobre fundamento, lambendo-me os pés. É o que chamo de riqueza. Deu-me, então, vontade de fazer soar de novo a campainha, porque senti uma comichão, já não sei dizer onde, por alguma engenhosa novidade. Em seguida, apareceu-me uma mocinha, um verdadeiro manjar para um libertino como eu. Em meio a olhares furtivos para o chicote a meu lado, a inocência infantil, era assim que ela se chamava, começou então a me beijar, o que me refrescou de modo inacreditável. O medo e a ruína precoce revoavam nos belos olhos de corça da pequena. Quando me cansei, tornei a tocar a campainha, e lá veio ele: o rigor da vida, um jovem belo e esbelto mas pobre. Era um de meus lacaios e, de cenho franzido, ordenei-lhe que me trouxesse aquela coisa lá... como se chama mesmo? Ah, sim, lembrei-me enfim: a vontade de trabalhar. Logo em seguida entrou o afã, e eu me diverti estalando o chicote na cara daquele homem-feito, um trabalhador de esplêndida constituição, com seu semblante calmo a me aguardar. Foi de morrer de rir. E o empenho, o espírito primordial do trabalho, deixou que eu o fizesse. Convidei-o, então, com um gesto preguiçoso e altaneiro, a tomar uma taça de vinho, e a pobre besta sorveu goles e goles de vergonha. "Vamos, trabalhe por mim!", eu lhe disse, e ele se foi. Depois, chegou a virtude, uma figura feminina de sobrepujante beleza para qualquer um que ainda não tenha se convertido por completo numa pedra de gelo. Entrou chorando. Acomodei-a em meu colo e fiz loucuras com ela. Depois, tendo eu lhe roubado o indizível tesouro, o ideal, escorracei-a dali proferindo zombarias. Em seguida, assoviei, e Deus em pessoa apareceu. Gritei: "Quê? Até você?". Acordei molhado de suor. Como fiquei feliz por se tratar apenas de um sonho ruim. Deus do céu, só me resta esperar que algum dia eu possa ainda me tornar alguma coisa. Como tudo beira a loucura nos sonhos. Kraus na certa arregalaria os olhos, se eu lhe contasse isso tudo.

O modo como reverenciamos a srta. Benjamenta é cômico, na verdade. Mas eu, por exemplo, sou grande admirador do cômico, porque nele há sempre magia. A aula começa às oito. Pois, dez minutos antes, nós, pupilos do Instituto Benjamenta, já estamos todos sentados em nossos lugares, repletos de tensão e expectativa, contemplando, imóveis, a porta pela qual a autoridade deverá surgir. Também para essa espécie de demonstração antecipada de respeito dispomos de regras precisas. A norma é ficar à espreita, a fim de saber se está por chegar aquela que, em tal ou qual momento, por certo aparecerá. Nós, alunos, devemos, como garotos tolos, nos preparar durante dez minutos para nos levantarmos. Uma pequena desonra está presente em todas essas minuciosas exigências, que são ridículas, na realidade, mas não devemos nos preocupar nem um pouco com nossa honra pessoal, e sim com a honra do Instituto Benjamenta, o que provavelmente é o mais correto. Afinal, alunos têm honra? De modo algum. Que nos tutelem e atormentem é que, no máximo, pode ser uma honra para nós. Honroso para os pupilos é seu adestramento, isso está mais do que claro. Nós, porém, tampouco nos rebelamos. Jamais pensaríamos nisso. Somados todos os nossos pensamentos, eles são poucos. É bem possível que eu detenha a maioria deles, mas, no fundo, desprezo toda a minha capacidade de pensar. Valorizo apenas a experiência, e ela em geral mantém completa independência de toda capacidade de pensamento ou comparação. Assim, valorizo em mim a maneira como abro uma porta. Há mais vida oculta no gesto de abrir a porta do que numa pergunta. Sim, é verdade que tudo nos incita a perguntar, comparar e recordar. E por certo pensar também é necessário, e pensar bastante até. Mas muito, muito mais refinado do que pensar é submeter-se. Pensar é resistir, o que é sempre muito feio e desagregador. Os pensadores... Se pelo menos soubessem quanta coisa arruínam. Quem se propõe a não pensar, este, sim, fará alguma coisa, e essa coisa é mais necessária. Dezenas de milhares de cabeças trabalham à toa neste mundo. Isso está claro, claríssimo. Analisar, apreender, pensar, tudo isso faz a espécie humana perder o ânimo de viver. Quando, por exemplo, um pupilo do Instituto Benjamenta não sabe se está sendo obediente, então é porque está. Se o sabe, aí desaparecem sua compostura e sua obediência inconscientes, e ele acaba cometendo algum erro. Gosto de descer escadas correndo. Quanta baboseira.

Até certo ponto, é bonito ser bem de vida e desfrutar de uma situação minimamente estável neste mundo. Estive em casa de meu irmão Johann e devo dizer que seu aspecto, reminiscente dos antigos Von Gunten, me surpreendeu. Já o assoalho, guarnecido e recoberto por um tapete macio de um pálido azul, impressionou-me bastante. Em todos os cômodos impera o bom gosto; não um bom gosto ostentoso, e sim certa elegância nas escolhas. A mobília apresenta-se distribuída com graça, o que, já ao entrarmos na casa, produz o efeito de uma educada e suave saudação. Espelhos adornam as paredes. Há até um espelho bem grande, que vai do chão ao teto. As peças são e não são antigas, elegantes e ricas. Há calor e esmero em cada cômodo, isso se pode sentir, e a sensação é agradável. Uma vontade livre e cuidadosa pendurou os espelhos e determinou a posição do divã de curvas graciosas. Eu precisaria não ser um Von Gunten para deixar de notá-lo. Limpeza sem um grão de poeira, e, não obstante, em vez de brilhar, tudo nos contempla com serenidade e alegria. Nada pretende saltar vivamente aos olhos. A coesão é que confere ao conjunto expressão adorável e plena de significados. Um belo gato preto jazia numa poltrona grená de pelúcia, como a comodidade negra e macia aninhada em vermelho. Muito bonito. Fosse eu um pintor, retrataria a familiaridade daquela imagem animal. Meu irmão aproximou-se, bastante cordial, e nos postamos frente a frente como dois ponderados homens do mundo, sabedores do grande prazer que o decoro pode proporcionar. Demos início a nossa conversa, e um cachorro enorme e esbelto, branco como a neve, veio correndo em nossa direção, dando formosos saltos de alegria. É claro que acariciei o animal. Tudo é belo na casa de Johann. Com amor e empenho, ele foi descobrindo cada peça, cada móvel, em um e outro antiquário, até juntar o que há de mais doméstico e gracioso. Com o simples, soube criar uma perfeição modesta, de tal modo que, em sua casa, o bom e o útil se unem à beleza e à graça, como se compusessem uma pintura de interior. Logo depois, enquanto estávamos sentados ali, surgiu uma jovem mulher, a quem Johann me apresentou. Mais tarde, bebemos chá num clima de muita alegria. O gato miou, pedindo leite, e o cachorro grande e belo quis os biscoitos que estavam na mesinha de chá. Os desejos de ambos foram atendidos. Anoiteceu, e eu precisei voltar para o instituto.

Aqui, no Instituto Benjamenta, aprendemos a sentir e a suportar as perdas, o que, na minha opinião, é uma capacidade, um exercício sem o qual o ser humano, por mais importante que ele seja, permanecerá uma criança crescida, sempre uma espécie de chorão a berrar. Nós, pupilos, não esperamos nada; é-nos, aliás, vedado nutrir esperanças em nosso peito, e, no entanto, somos absolutamente tranquilos e alegres. Como pode ser? Por acaso sentimos anjos da guarda pairando sobre nossas cabeças bem penteadas? Não sei dizer. Talvez sejamos alegres e despreocupados porque somos pessoas limitadas. É possível. Terá por isso menor valor a alegria e o frescor de nossos corações? Será que somos idiotas? Vibramos. Inconsciente ou conscientemente, percebemos em pequena medida uma série de coisas, comungamos com os espíritos aqui e ali, e nossas sensações, nós as enviamos a todas as partes, coletando observações e experiências. Muita coisa nos consola, e isso porque, em geral, somos pessoas bastante aplicadas e perquiridoras, e porque atribuímos pouco valor a nós mesmos. Aqueles que se dão valor em demasia jamais se sentem seguros diante dos desalentos e das humilhações, e a consciência que têm de si sempre depara com algo que lhe é hostil. Não obstante, nós, alunos do Instituto Benjamenta, não somos de modo algum desprovidos de dignidade, embora se trate de uma dignidade assaz móvel, pequena, elástica e flexível. De resto, nós a vestimos ou despimos de acordo com a necessidade. Somos produto de uma cultura mais elevada ou criaturas da natureza? Também isso não sei dizer. O que eu sei com certeza é: nós aguardamos! Esse é o nosso valor. Sim, aguardamos e aguçamos os ouvidos para a vida, por assim dizer, para essa planície que chamam de mundo, para o mar com suas tempestades. Fuchs, aliás, deixou a escola, o que muito me agrada. Não sabia o que fazer com aquele sujeito.

* * *

Conversei com o sr. Benjamenta; quero dizer, o sr. Benjamenta conversou comigo. "Jakob", principiou ele, "diga-me uma coisa: você não acha precária a vida que leva aqui? Não acha? Gostaria muito de saber sua opinião. Responda com franqueza." Preferi calar, mas não para contrariá-lo. Esse meu hábito, já o perdi há tempos. Calei, porém, e, aliás, mais ou menos como se houvesse querido dizer: "Meu senhor, permita que eu cale. A uma tal pergunta, eu só poderia, na melhor das hipóteses, lhe dar uma resposta impertinente". O sr. Benjamenta observava-me com atenção, e acreditei que ele compreendia meu silêncio. Compreendeu-o de fato, porque de repente abriu um sorriso e disse: "Você se admira um pouco, não é verdade, Jakob? Se admira de vivermos, aqui no instituto, uma vida apática, ausente, por assim dizer? Não é assim? Já notou isso? Não quero de modo algum induzi-lo a me responder com insolência. Preciso confessar uma coisa, Jakob. Escute, acho você um jovem inteligente e honesto. Agora, por favor, seja insolente. E sinto necessidade de lhe confessar outra coisa: eu, seu diretor, quero o seu bem. E uma terceira confissão: acabei desenvolvendo por você uma estranha predileção, uma predileção muito singular e já incontrolável. Agora vai ser insolente comigo, não vai, Jakob? Não é verdade, meu jovem? Agora que me expus assim, você por certo ousará me tratar com desdém. Vai me contrariar, não é assim? Diga, não é?". Nós dois, aquele homem barbado e eu, um jovem, olhávamo-nos nos olhos. Era como um combate interior. Eu estava prestes a abrir a boca e dizer algumas palavras de submissão, mas consegui me conter e permaneci calado. Então, notei que o senhor diretor, um homem de constituição gigantesca, tremia suavemente. Desse momento em diante, estabeleceu-se algum tipo de vínculo entre nós; sim, eu podia senti-lo, ou mais que isso: tive certeza. "O sr. Benjamenta me respeita", disse a mim mesmo, e, em consequência dessa percepção que me atingiu como um raio, julguei conveniente ou, antes, imperativo permanecer em silêncio. Ai de mim, se tivesse dito uma palavra sequer. Uma única palavra teria me rebaixado à condição de discípulo insignificante, ao passo que agora ascendera a uma altura humana, que nada tinha de escolar. Tudo isso, senti profundamente e, como hoje sei, agi com correção naquele momento. O diretor, que se aproximara bastante de mim, disse então: "Tem algo de importante em você, Jakob". Em seguida, parou de falar, e percebi de imediato por quê. Sem dúvida, ele queria ver como eu me comportaria. Ciente disso, não movi um único músculo do rosto, apenas mirei adiante com um olhar fixo, livre de pensamentos. Então, tornamos a nos encarar. Contemplei o senhor diretor com rigor austero. Simulei uma espécie de frieza, algum tipo de superficialidade; mas teria preferido rir na cara dele, de pura alegria. Ao mesmo tempo, porém, percebi que ele estava satisfeito com minha postura e, por fim, tornou a falar. "Meu jovem, volte ao trabalho. Ocupe-se de alguma coisa. Ou vá conversar com Kraus. Vá." Como de hábito, curvei-me quase até o chão e me afastei. Lá fora, no corredor, detive-me, como já havia feito antes, como, aliás, tinha o hábito de fazer, e pus-me a escutar pelo buraco da fechadura, para saber se algo acontecia do lado de dentro. Estava tudo quieto. Só pude rir baixinho e feliz, rir feito um idiota, e me dirigi então para a sala de aula, onde encontrei Kraus sentado na penumbra, aparentemente banhado por uma luz amarronzada. Permaneci um bom tempo ali, de pé. Um bom tempo mesmo, porque havia uma coisa, alguma coisa, que eu não conseguia entender bem. Sentia-me como se estivesse em casa. Não, sentia-me como se ainda nem tivesse nascido, como se nadasse em algo pré-natal. Senti calor e meus olhos viam uma espécie de mar indistinto. Fui até Kraus e disse-lhe: "Escute, Kraus, eu gosto muito de você". Ele respondeu com um grunhido, perguntando que jeito de falar era aquele. Rumei a toda a pressa para meu quarto. E agora? Somos amigos? O sr. Benjamenta e eu somos amigos? Por certo se estabeleceu entre nós algum tipo de relação, mas que tipo de relação? Proíbo-me de tentar explicá-la a mim mesmo. Quero continuar lúcido, leve e alegre. Chega de pensamentos.

Sigo sem conseguir uma colocação. Disse-me o sr. Benjamenta que está se empenhando. Disse-me isso num tom autoritário bastante rude, e acrescentou: "Que impaciência é essa? Tudo tem seu tempo. Espere!". De Kraus, dizem os pupilos que talvez logo saia de cena. Sair de cena? Soa engraçado o jargão profissional. Kraus vai embora logo? Tomara que seja apenas disse me disse sem fundamento, boataria dos alunos do instituto. Também entre nós, pupilos, circula aquela espécie de baboseira saída do nada, de coisa nenhuma, que por vezes lemos nos jornais. Os mundos, noto, são os mesmos em toda parte. De resto, estive de novo em casa de meu irmão Johann von Gunten, que teve a coragem de apresentar-me às pessoas. Comi à mesa de gente rica e jamais vou me esquecer do modo como me portei. Vestia uma sobrecasaca velha mas, ainda assim, solene. Sobrecasacas causam uma impressão de mais idade e de importância. Comportei-me, pois, como um homem de renda anual de uns vinte mil marcos, no mínimo. Conversei com pessoas que teriam me dado as costas, se tivessem ideia de quem sou. Mulheres que teriam me desprezado por completo, se lhes dissesse que sou apenas um escolar, sorriram para mim, encorajando-me, por assim dizer, com seus acenos.

E fiquei perplexo com meu apetite. Afinal, com que tranquilidade me servi à mesa de pessoas ricas que nem conhecia. Vi como todos faziam e, com grande talento, fiz igual. Como isso é vulgar. Sinto uma espécie de vergonha por ter exibido ali, isto é, em tais círculos, enorme disposição para comer e beber. Hábitos elegantes notei poucos. Em compensação, percebi que me tomaram por um jovem tímido, ao passo que (a meus olhos) eu transbordava insolência. Johann comporta-se bem em sociedade. Ostenta as maneiras elegantes e agradáveis de alguém que tem algum valor e que sabe disso. Para os olhos daqueles que a observam, sua conduta é um bálsamo. Estou falando bem demais de Johann? Ah, não. Não estou de modo algum enamorado do meu irmão, mas me esforço para vê-lo por inteiro, e não apenas pela metade. No fim, talvez isso seja amor. Tanto faz. A ida ao teatro foi também muito boa, mas não quero me estender nesse assunto. A bela sobrecasaca, eu a despi depois. Ah, como é bom andar por aí, borboleteando em trajes de uma pessoa de respeito. Sim, borboleteando! Essa é a palavra. Borboleteando e chilreando por aí, nos círculos dos cultos e bem formados. Depois, rastejei de volta para o instituto e para meu uniforme de pupilo. Gosto daqui, sinto isso, e, no futuro, é provável que sinta também uma saudade idiota dos Benjamenta; mais adiante, quando tiver me transformado num grande homem. Não, eu nunca, jamais serei nada de grande, e tremo de estranha satisfação pelo fato de, já de antemão, sabê-lo com certeza. Um dia, vou ter um ataque, um daqueles ataques fulminantes, e aí estará tudo acabado: todas essas confusões, esse anseio, essa ignorância, tudo isso, a gratidão e a ingratidão, as mentiras e as ilusões, o pretenso saber e o saber sempre inexistente. Mas quero viver, não me importa quanto tempo.

* * *

Aconteceu algo incompreensível. Talvez não signifique absolutamente nada. É bastante pequena minha tendência a me deixar dominar por mistérios. Foi no meio da noite, e eu estava sentado sozinho na sala de aula. De súbito, a srta. Benjamenta apareceu atrás de mim. Eu não a ouvira entrar, ela deve ter aberto a porta com muita suavidade. Perguntou o que eu fazia ali, mas num tom que não demandava resposta. Foi como se, ao fazer a pergunta, já soubesse a resposta. E aí, claro, não há mais por que responder. Como se estivesse cansada e necessitasse do apoio, ela pousou a mão no meu ombro. Foi quando senti de verdade que lhe pertencia. Que lhe pertencia? Sim, é isso: que lhe pertencia. Tenho sempre muita desconfiança quando se trata de sentimentos. Mas que, ali, eu quase pertencia a ela, isto é, à senhorita, esse foi um sentimento verdadeiro. Juntos era como nos cabia estar. É claro que temos diferenças. Mas, de repente, estávamos muito próximos um do outro. Sempre, porém, sempre com nossas diferenças. Odeio quando sinto que as diferenças são poucas ou mesmo inexistem. Sentir que a srta. Benjamenta e eu somos duas pessoas de natureza e posições bastante distintas, isso foi para mim uma felicidade. De resto, enganar a mim mesmo é prática que desprezo. Distinções e vantagens que não sejam absolutamente verdadeiras, eu vejo como minhas inimigas. Havia ali, pois, uma grande diferença. Sim, mas qual era? Serei eu incapaz de superar certas diferenças? Então, disse de súbito a senhorita: "Venha, levante-se. Venha comigo. Quero lhe mostrar uma coisa". Caminhávamos lado a lado. Diante de nossos olhos, ou pelo menos dos meus (dos dela, talvez não), tudo se revestia de uma escuridão impenetrável. "Estamos nos aposentos interiores", pensei, e não estava enganado. Era mesmo o caso, e minha querida mestra parecia decidida a me mostrar um mundo até então oculto. Mas, primeiro, preciso respirar fundo.

De início, como disse, estava tudo escuro. A senhorita tomou minha mão e, num tom amigável, disse-me: "Está vendo, Jakob? É esta a escuridão que vai envolvê-lo. Então, alguém vai conduzir você pela mão, e você ficará feliz com isso e, pela primeira vez, sentirá gratidão profunda. Não se irrite. Haverá também muita luz". Ela mal terminara de dizê-lo, quando uma luz branca e ofuscante nos iluminou. Um portão apareceu, e nós o atravessamos, ela à frente, eu logo atrás, rumo a uma magnífica fogueira de luz. Eu jamais tinha visto algo tão resplandecente ou tão significativo, motivo pelo qual me sentia como se anestesiado. Sorridente, ainda mais amistosa que antes, a senhorita disse: "A luz está cegando você? Pois esforce-se por suportá-la. Ela significa alegria, e é preciso saber senti-la e suportá-la. No que me diz respeito, você pode também interpretá-la como sua felicidade futura. Mas veja: o que é isso? Está desaparecendo. A luz está se desfazendo. Portanto, meu caro Jakob, você não desfrutará de uma felicidade longa e duradoura. Minha sinceridade dói? Não, não dói. Vamos em frente. Precisamos nos apressar um pouco, porque temos ainda de atravessar muitas visões que nos farão tremer. Diga-me, Jakob, você compreende minhas palavras? Não, não diga nada. Aqui você não pode falar. Acha que sou uma feiticeira? Não, não sou uma feiticeira. Decerto, também sei enfeitiçar e seduzir, mas só um pouquinho. Toda moça sabe. Venha, vamos". E, com essas palavras, a venerada senhorita pôs-se a abrir um alçapão, no que tive de auxiliá-la, e descemos juntos, ela sempre à frente, para um porão bem fundo. Por fim, terminados os degraus de pedra, pisamos terra úmida e macia. Para mim, era como se estivéssemos no centro da Terra, de tão fundo e solitário aquilo me parecia. Atravessávamos um corredor comprido e escuro, e a srta. Benjamenta disse: "Estamos agora nas catacumbas e nos corredores da pobreza e da privação. Como você, meu caro Jakob, provavelmente permanecerá pobre a vida inteira, tente ir se acostumando desde já à escuridão e ao odor gélido e cortante que imperam aqui. Não se assuste nem fique bravo. Deus está aqui também, como em toda parte. É necessário que aprendamos a amar e a cultivar a necessidade. Beije a terra úmida, eu lhe peço, beije-a, por favor. Com isso, dará prova física de sua submissão voluntária às dificuldades e à tristeza que, ao que parece, dominarão boa parte da sua vida". Obedeci, lançando-me à terra fria e beijando-a com devoção, ao que senti percorrer-me um inominável arrepio, a um só tempo de frio e de calor. Seguimos adiante. Ah, aqueles corredores do sofrimento, da necessidade e da terrível privação pareciam-me intermináveis, e talvez o fossem de fato. Cada segundo era como uma vida inteira, e os minutos assumiam a dimensão de séculos de aflição. Basta. Por fim, chegamos a um muro sombrio, e a senhorita disse: "Vá, acaricie este muro. É o muro das preocupações. Ele sempre se erguerá na sua frente, e seria pouco inteligente da sua parte odiá-lo. Ah, sim, precisamos tentar amolecer a rigidez e o inexorável. Vamos, experimente". De pronto, avancei e, com pressa fervorosa, atirei-me em seu peito de pedra. Sim, atirei-me e lhe disse palavras boas, quase brincalhonas. E, como era de esperar, o muro permaneceu imóvel. Eu encenava uma comédia; decerto, por amor a minha professora, mas, ainda assim, o que fazia nada mais era do que encenar uma comédia. Ambos sorríamos, tanto a mestra como eu, seu aluno imaturo. "Venha", disse-me, "vamos nos conceder um pouco de liberdade e de movimento." E, ao dizê-lo, ela tocou o muro com sua conhecida varinha branca, o porão horrível desapareceu por completo, e nós nos encontrávamos agora numa pista lisa, aberta e estreita de gelo ou vidro. Flutuávamos como sobre maravilhosos patins, e dançávamos também, porque a pista abaixo de nós subia e descia como uma onda. Era deslumbrante. Eu nunca tinha visto nada igual e, de pura alegria, exclamei: "Que magnífico!". E, sobre nós, estrelas cintilavam num céu de um estranho azul pálido, mas escuro, e a lua, com seu olhar fixo, lançava luz sobrenatural sobre os patinadores. "Isto é a liberdade", disse a mestra. "Ela é invernal, não se pode suportá-la por muito tempo. Precisamos nos movimentar sem cessar, como estamos fazendo, precisamos dançar na liberdade. Ela é gélida e bonita. Só não se apaixone por ela. Isso traria apenas tristeza, porque só conseguimos nos deter por alguns instantes, nada mais que isso, nos domínios da liberdade. Aliás, acabou-se o nosso tempo. Veja como esta pista maravilhosa em que flutuamos vai se desfazendo pouco a pouco. Agora, se abrir os olhos, você vai poder assistir à morte da liberdade. Em sua vida futura, você ainda testemunhará muitas vezes esta visão angustiante." E, mal ela terminara de falar, descemos das alturas e da alegria a que ascendêramos rumo ao cansaço e à domesticidade, a uma alcova pequena e tranquila, plena de refinados confortos, exalando um perfume delicioso de devaneios e recoberta de fartas tapeçarias que exibiam cenas e quadros lascivos. Era, de fato, um aposento repousante. Muitas vezes já sonhara com alcovas de verdade. E agora era onde me encontrava. Música descia pelas paredes coloridas feito neve graciosa; podia-se vê-la musicar, os sons qual uma chuva encantadora de neve miúda. "Aqui", disse a senhorita, "você pode descansar. Decida você mesmo por quanto tempo." Nós dois sorrimos diante daquelas palavras enigmáticas e, embora um medo de indizível suavidade me tenha assaltado, não hesitei em me acomodar num dos tapetes que se estendiam em minha frente naquela câmara de prazer. Um delicioso cigarro desceu voando em direção a minha boca involuntariamente aberta, e eu me pus a fumar. Um romance revoou, pousando bem entre minhas mãos, e pude folheá-lo sem ser perturbado. "Isso aí não é para você. Não leia estes livros. Levante-se. É melhor você vir comigo. Toda essa brandura é sedutora e conduz à irreflexão e à crueldade. Está ouvindo o retumbar dos trovões? É o infortúnio. Você desfrutou do afortunado repouso deste aposento. Agora, o infortúnio vai se precipitar sobre você, e a dúvida e o desassossego vão encharcá-lo. Venha. É preciso ter a coragem de mergulhar no inevitável." Assim se pronunciou a professora e, mal tinha acabado de falar, já eu nadava numa espessa e desagradável torrente de dúvidas. Em completo desalento, nem ousava olhar em torno para saber se ela ainda estava a meu lado. Não, a mestra, a feiticeira que produzira todas aquelas aparições e circunstâncias, havia desaparecido. Eu nadava sozinho. Quis gritar, mas a água ameaçava entrar por minha boca. Ah, o infortúnio. Chorei, lamentei profundamente ter me entregado a todo aquele conforto lascivo. Então, de repente, estava de novo sentado no Instituto Benjamenta, na escura sala de aula, e a srta. Benjamenta continuava atrás de mim; ela acariciava meu rosto, não, porém, como se me consolasse, e sim como se precisasse consolar a si mesma. "É infeliz", pensei. Foi quando Kraus, Schacht e Schilinski retornaram de um passeio. De pronto, a senhorita interrompeu a carícia e se foi para a cozinha, a fim de preparar o jantar. Sonhei? Mas para que me pergunto, se chegou a hora do jantar? Há momentos em que adoro comer. Aí, sou capaz de devorar os pratos mais insossos como um jovem e faminto trabalhador braçal. Nesses momentos, vivo como num conto de fadas, e não mais como um ser da cultura numa era culta.

Nossas aulas de ginástica e dança às vezes são muito divertidas. Precisar mostrar habilidade não é coisa desprovida de perigos. Com que facilidade podemos cair no ridículo! Nós, pupilos, decerto não rimos uns dos outros. Não? Mas é claro que sim. Ri-se com as orelhas quando não se pode rir com a boca. E também os olhos riem. Olhos adoram rir. E prescrever normas para os olhos é, com certeza, possível, mas é também muito difícil. Não nos é permitido piscar, por exemplo; piscar é zombaria e, por isso, comportamento a ser evitado; mas o fato é que, por vezes, piscamos assim mesmo. Não há como reprimir a natureza a um tal ponto. E, no entanto, há, sim. Mas, ainda que uma pessoa consiga se desacostumar da própria natureza, sempre sobra um suspiro, um restinho que volta e meia se manifesta. O grandão do Peter, por exemplo, tem enorme dificuldade em se desacostumar de sua natureza tão pessoal e singular. Às vezes, quando lhe cabe dançar, mover-se com graça, dar prova de sua capacidade, ele parece feito de madeira, e madeira, no seu caso, é natureza, dádiva divina, por assim dizer. Ah, como não rir de uma braça de madeira, quando ela se manifesta sob a forma de um garoto espigado? Só se pode mesmo rir a valer, peito adentro. Uma risada é bem o contrário de um pedaço de madeira, porque é algo que inflama, que acende palitos de fósforo dentro da gente. Palitos de fósforo riem-se à socapa, são exatamente como um riso reprimido. Eu gosto muito, muito mesmo, de ser obrigado a conter a explosão de uma gargalhada. É maravilhoso como isto faz cócegas: não dar vazão àquilo que tanto deseja rebentar. Tudo que não é permitido, que sou obrigado a conter, me faz gosto. O que foi reprimido se torna mais penoso, mas, ao mesmo tempo, mais valoroso também. Sim, sim, eu confesso: gosto que me reprimam. E, aliás... Não, chega de aliás. Que o sr. Aliás vá passear. O que eu queria dizer é: não poder fazer alguma coisa significa fazê-la em dobro em alguma outra parte. Não existe nada mais insípido que uma permissão indiferente, apressada e fútil. Eu gosto de experimentar de tudo, mereço, e uma risada, por exemplo, precisa ser experimentada na sua totalidade. Quando, por dentro, estou morrendo de rir, quando não sei que destino dar à pólvora sibilante, aí eu sei o que é rir, aí rio uma boa risada, aí tenho uma ideia completa do que me chacoalhou. Assim sendo, é-me inevitável supor, e ter por inabalável convicção, que regulamentos prateiam a vida, e talvez cheguem mesmo a dourá-la, ou, em outras palavras: dão a ela o seu encanto. Sim, porque o que acontece com o riso proibido e encantador por certo se dá também com quase todas as outras coisas e apetites. Não poder chorar, por exemplo, intensifica o choro. Ter de privar-se do amor é, afinal, amar. Quando não devo amar, amo dez vezes mais. Tudo que é proibido ganha vida de centenas de maneiras; ou seja, tanto mais vívido se torna o que deveria estar morto. Assim é, no atacado como no varejo. Muito bem-dito, aliás, em linguagem cotidiana, e é no cotidiano que encontramos as verdades verdadeiras. Estou tagarelando de novo, não estou? Admito de bom grado que sou tagarela, mas tenho de preencher estas linhas de alguma forma. Fascinantes, deveras fascinantes são os frutos proibidos.

Talvez paire agora entre mim e o sr. Benjamenta algo como um fruto proibido, visível a ambas as partes. O fato, no entanto, é que não nos exprimimos com clareza. Evitamos falar francamente, o que decerto é atitude digna de aprovação. Na realidade, eu, por exemplo, não gosto de ser tratado com simpatia. Digo isso de um modo geral. Certas pessoas que têm apreço por mim me repugnam; nem tenho como ressaltá-lo aqui com a devida ênfase. É evidente que também aprecio a ternura e a cordialidade. Quem poderia ser rude a ponto de abominar por completo toda intimidade, todo calor humano? Ainda assim, sempre evito me aproximar das pessoas e, não sei bem, mas devo possuir o talento necessário para, sem precisar dizer nada, persuadi-las da imprudência de certas aproximações; pelo menos, considero difícil que alguém possa ganhar-me a confiança. Minha cordialidade é preciosa para mim, muito preciosa, e quem quer que deseje ser alvo dela tem de proceder com extremo cuidado, e é isso que pretende agora o sr. Benjamenta. Ao que parece, esse senhor deseja ser dono do meu coração, tornar-se meu amigo. Por enquanto, dispenso-lhe tratamento gélido, e quem é que sabe? Talvez eu nem queira saber dele.

"Você é jovem", diz-me o senhor diretor, "cheio de perspectivas. Espere um pouco: será que eu queria dizer alguma outra coisa que agora esqueci? É preciso que você saiba, Jakob, que tenho uma montanha de coisas a lhe dizer. E, quando se tem muito a dizer, é bem possível que, antes mesmo de contar até três, a gente esqueça o que queria dizer de mais belo e de mais profundo. E você aí, com essa cara de quem tem uma memória boa e fresca, ao passo que a minha está envelhecendo. Meu cérebro, Jakob, está morrendo. Perdoe-me se minhas palavras soam demasiado sentimentais ou íntimas. Só posso rir, mesmo. Eu, aqui, pedindo perdão, quando poderia lhe dar uma bela surra, se achasse necessário. Com que dureza me contemplam esses seus olhos jovens. Ai, ai, e eu poderia jogar você na parede, privá-lo para sempre da audição e da visão. Não sei como pôde acontecer de, diante de você, eu abrir mão de todo o poder da minha autoridade. Em segredo, você com certeza deve estar rindo de mim. Pois vou lhe dizer bem baixinho: cuidado. Você há de saber que tenho acessos de loucura e que, antes mesmo que eu possa evitá-lo, perco as estribeiras. Ah, meu garotinho, não, não tenha medo. É impossível, é totalmente impossível fazer-lhe algum mal, mas o que era mesmo que eu queria lhe perguntar? Diga-me, você não sente nem um pouquinho de medo? É jovem, cheio de esperanças, logo vai encontrar uma colocação que lhe convenha, não é? Pois é, é isso mesmo. Isso é que me dá pena, porque, imagine, às vezes sinto como se você fosse meu irmão caçula ou alguém assim, próximo, de tão familiares me parecem seus gestos, suas palavras, sua boca, tudo em você, enfim. Sou um rei deposto. Você sorri? Acho delicioso, sabe? Acho mesmo delicioso que, justamente quando falo de reis depostos, removidos de seus tronos, você deixe escapar esse sorrisinho velhaco. Você é inteligente, Jakob. Ah, sim, com você pode-se ter uma boa conversa. Dá até uma comichão, uma vontade tentadora de usar de um pouco mais de brandura e suavidade que de costume. Sim, porque você é um convite à indolência, ao relaxamento, à renúncia da própria dignidade. A impressão que causa é de nobreza, acredita? É por isso que as pessoas se sentem tão tentadas a perder-se em explicações e confissões, como faço agora, por exemplo, eu, que sou seu senhor, diante de um jovem e miserável verme a quem, se sentisse vontade, poderia esmagar. Me dá sua mão. Isso, assim. Deixe-me dizer que você soube conquistar o meu respeito. Tenho grande consideração por você e... permito-me... dizê-lo. Agora quero lhe fazer um pedido. Quer ser meu amigo, meu pequeno confidente? Eu lhe peço, aceite. Mas pense nisso tudo com calma. Pode ir. Vá, por favor, deixe-me só." Foi o que disse o senhor diretor, o homem que, como ele próprio afirma, poderia me esmagar, se quisesse. Já não lhe faço a costumeira reverência, porque isso o magoaria. E que história é essa de rei deposto? Não vou perder tempo pensando nessas coisas, como ele recomendou; vou é continuar mantendo a compostura. De todo modo, devo ficar atento. Ele não falou em acessos de loucura? Sou obrigado a admitir que isso não é nada reconfortante. Para ser jogado na parede e esmagado, sou bom demais. Devo contar à senhorita o que ouvi? Deus meu, não, claro que não. Tenho coragem suficiente para guardar segredo sobre coisas assim, estranhas, e juízo bastante para me haver sozinho com questões duvidosas. Talvez o sr. Benjamenta esteja louco. Seja como for, ele é o leão, ao passo que eu sou o camundongo. Que bela situação é essa que agora se insinua aqui no instituto. O melhor é não dizer nada a ninguém. Não comentar um assunto é, às vezes, a melhor forma de resolvê-lo. Isso tudo são tolices. Basta.

As coisas que às vezes imagino... Beiram o absurdo! De repente, sem que pudesse evitá-lo, vi-me transformado num chefe militar supremo por volta do ano 1400; não, um pouco mais tarde, na época das campanhas milanesas. Eu e meus oficiais estávamos à mesa. Tínhamos acabado de vencer uma batalha e nossa fama haveria de se espalhar por toda a Europa nos dias seguintes. Bebíamos, divertidos. Nosso banquete não acontecia num salão fechado, e sim ao ar livre. O sol se punha e, diante de meus olhos, que irradiavam combate e vitória, vi surgir uma criatura, um pobre-diabo conduzido a minha presença por ter sido apanhado em flagrante traição. O infeliz olhava trêmulo para o chão, decerto sabedor de que não tinha o direito de contemplar o chefe supremo. Olhei brevemente para ele e, com igual brevidade e pressa, para aqueles que o traziam a mim; depois, dediquei-me ao copo cheio de vinho em minha frente, três movimentos que significavam: "Vão, enforquem-no". De pronto, agarraram-no, mas o infame começou a gritar como um desesperado; ou mais ainda, como se despedaçado, despedaçado de antemão por milhares de pavorosos martírios. Nas lutas e batalhas que preenchiam minha vida, meus ouvidos já haviam se acostumado a todo tipo de som, e meus olhos tinham mais que se habituado à visão do terrível e do funesto; e, no entanto, curiosamente não pude suportar aquilo. Tornei a me voltar para o condenado e acenei aos soldados: "Deixem-no ir", disse-lhes, sucinto, com o copo junto dos lábios. E foi então que se passou algo tão comovente quanto repugnante. O homem a quem eu presenteara com a vida, uma vida feita de crime e traição, precipitou-se como em desatino a meus pés e se pôs a beijar a poeira dos meus sapatos. Dei-lhe um chute. Estava tomado de nojo e horror. Escandalizava-me o poder que eu exercia, a força a que podia dar livre vazão, como o vento tempestuoso faz com as folhas; por isso, ri e ordenei ao homem que se afastasse. Ele quase perdeu o juízo. Uma alegria bestial abriu caminho por olhos e boca; "Obrigado, obrigado", balbuciava ele, que, então, rastejou para longe. Prosseguimos noite adentro em desenfreada bebedeira e comilança e, de manhã cedo — seguíamos ainda sentados à mesa —, recebi o enviado papal, e o fiz com uma dignidade e uma majestade que quase arrancaram um sorriso de meus próprios lábios. Eu era o herói, o herói do dia. De meu humor e de meu contentamento dependia a paz de metade da Europa. Ante os senhores diplomatas, porém, fiz-me de bobo e bondoso, porque me convinha; sentia certo cansaço e o desejo de retornar a minha terra. Deixei que me tomassem as vantagens que a guerra me concedera. Mais tarde, naturalmente, fui alçado à dignidade de conde; depois, me casei; e, agora, decaí de tal forma que não faço caso de ser um aluninho insignificante do Instituto Benjamenta e de ter colegas como Kraus, Schacht, Hans e Schilinski. Se me atirarem, nu, na rua gelada, talvez eu ainda imagine ser o Senhor Deus Todo-Poderoso. É hora de depor a pena.

Para pessoas tão pequenas e insignificantes como nós, pupilos, nada é engraçado. Quem é privado de sua dignidade leva tudo a sério, mas leva também tudo na brincadeira, quase com frivolidade. Para mim, nossas aulas de dança, etiqueta e ginástica são como a vida real, pública, importante e grandiosa; diante de meus olhos, a sala de aula transforma-se, então, numa alcova senhorial, numa rua cheia de gente, num castelo com corredores compridos e antigos, numa repartição pública, no gabinete de um erudito, no salão de recepção de uma dama, em qualquer coisa, conforme o caso. A nós, cabe entrar, cumprimentar, curvar-se em reverência, falar, tratar de negócios ou encargos imaginários; depois, de súbito, estamos todos sentados a uma mesa, fazendo nossa refeição à maneira da cidade grande, com criados a nos servir. Schacht, ou Kraus, talvez, faz as vezes de uma grande dama da aristocracia, e é meu papel entretê-la. Em seguida, somos cavalheiros, inclusive o grandão do Peter, que, de resto, sente-se como um cavalheiro o tempo todo. Dançamos também. Saltamos de um lado a outro ante o olhar sorridente da professora e, de repente, corremos a acudir um ferido, alguém que foi atropelado na rua. A aparentes mendigos, damos moedinhas; escrevemos cartas, gritamos com nossos jovens assistentes, vamos à assembleia, visitamos lugares onde se fala francês, exercitamo-nos na prática de erguer o chapéu, conversamos sobre caçadas, finanças e artes, beijamos, submissos, os cinco belos dedos graciosamente estendidos das damas de cuja simpatia desejamos privar, vagamos feito vagabundos, bebericamos café, degustamos presunto com vinho de Borgonha, dormimos em camas imaginárias, levantamo-nos aparentemente bem cedo na manhã seguinte e dizemos: "Bom dia, senhor juiz"; e nos esbofeteamos também, porque isso acontece com frequência na vida real. Fazemos, enfim, tudo que se faz na vida cotidiana. Quando nos cansamos dessas tolices todas, a senhorita bate com sua varinha na borda da mesa e diz: "*Allons*, meninos, vamos! Ao trabalho!". E voltamos a trabalhar. Agitamo-nos pela sala feito vespas. É impossível descrevê-lo com precisão, e, se de novo nos exaurimos, a professora torna a exclamar: "Quê? Já perderam o gosto pela vida pública, tão depressa assim? Vamos, vamos logo! Mostrem como ela é! É fácil, mas é preciso disposição, senão a vida nos pisoteia!". E começa tudo de novo. Viajamos, e nossos criados cometem tolices. Estudamos em bibliotecas. Como soldados, verdadeiros recrutas, temos de nos deitar no chão e atirar. Vamos às compras em grandes lojas, banhamo-nos em balneários, oramos nas igrejas: "Não nos deixeis cair em tentação". E, no instante seguinte, pecamos, cometendo falta das mais grosseiras. "Basta por hoje", diz a mestra, quando é chegado o momento. Aí, então, a vida se extingue, e o sonho a que chamamos vida humana toma outra direção. Em geral, saio a passear por meia hora. Encontro sempre uma moça no parque, onde sento num banco. Parece ser vendedora. Toda vez, gira a cabeça em minha direção e põe-se a contemplar-me por longo tempo. Suspira demasiado. De resto, me toma por algum cavalheiro com salário mensal. Causo tão boa impressão, pareço pessoa tão direita. Ela se engana e, por isso, a ignoro.

* * *

De vez em quando, fazemos teatro também, comédia, aliás, que degenera em bufonaria, até que a professora acena para que paremos. A mãe: "Não posso dar-lhe a mão de minha filha em casamento. O senhor é pobre demais". O herói: "Pobreza não é vergonha nenhuma". A mãe: "Conversa fiada, palavras vazias. Que perspectivas tem o senhor?". A namorada: "Mamãe, com todo o respeito que tenho pela senhora, sou obrigada a lhe pedir que seja mais gentil com o homem que amo". A mãe: "Quieta! Um dia você vai me agradecer por eu o ter tratado com rigor inexorável. Meu senhor, diga-me, em que universidade o senhor estudou?". O herói (que, por ser polonês, é interpretado por Schilinski): "Cara senhora, formei-me no Instituto Benjamenta, e perdoe-me o orgulho com que o digo". A filha: "Ora, mamãe, veja como ele se comporta, note suas maneiras refinadas". A mãe (severa): "Não me fale em maneiras. As dele não me parecem nem um pouco aristocráticas. Meu senhor, queira, por favor, me dizer: o que foi que o senhor aprendeu nesse Instituto *Bagnamenta*?". O herói: "Perdão, minha senhora, mas a instituição de ensino se chama Benjamenta, e não *Bagnamenta*. O que aprendi? Bem, devo lhe dizer que, lá, aprendi muito pouco. Mas, hoje em dia, a senhora há de convir, um grande saber já não importa tanto". A filha: "Está ouvindo, mãezinha querida?". A mãe: "Cale-se, infeliz, não me fale em dar ouvidos a semelhantes disparates e, menos ainda, em levá-los a sério. Meu belo jovem, o senhor me faria um favor se partisse daqui para nunca mais voltar". O herói: "Mas que ousadia, falar comigo dessa maneira! Pois que seja, então, adeus. Vou-me embora!". Sai o herói etc. etc. O conteúdo dessas nossas peças guarda sempre relação com a escola e seus alunos. O pupilo vive destinos de toda sorte, bons e ruins, em variegada combinação. Tem sucesso no mundo ou conhece fracasso extremo. O final sempre enaltece e simboliza a modéstia do servir. No servir está a felicidade: essa é a moral de nossa literatura dramática. Durante as encenações, nossa senhorita costuma desempenhar o papel da plateia. Sentada como se num camarote, ela contempla o palco com seu binóculo, ou seja, assiste a nossa interpretação. Kraus é, de todos, o pior ator. Não dá valor nenhum a essas coisas. O melhor é, sem dúvida alguma, o grandão do Peter. Heinrich também se mostra encantador no palco.

Tenho a sensação algo injuriosa de que sempre terei o que comer neste mundo. Sou uma pessoa de boa saúde e vou permanecer assim, o que significa que sempre poderão me usar para alguma coisa. Jamais serei um peso para meu estado ou minha cidade. Pensar assim, isto é, pensar que, como ser inferior, terei meu pão de cada dia para comer, é coisa que me magoaria profundamente fosse eu ainda o Jakob von Gunten de outrora, fosse eu ainda o descendente, o fruto da casa de meu pai; o fato, porém, é que me transformei em outra pessoa, completamente diferente, tornei-me um homem comum, e essa transformação, eu a devo aos Benjamenta, o que me enche de indizível confiança, uma confiança em que goteja e cintila o orvalho da satisfação. Troquei de orgulho. Minha honra é agora de outro gênero e de outra espécie. Como pude degenerar ainda tão jovem? Mas isso é degeneração? Em certo sentido, sim; por outro lado, é também conservação da espécie. Qual alguém que se perdeu e desapareceu em algum ponto da vida, permaneço, talvez, um Von Gunten mais autêntico e mais orgulhoso do que se, alardeando minha árvore genealógica, tivesse me deteriorado, desanimado ou me fossilizado em casa. Seja como for, fiz uma escolha, e a ela me atenho. Trago em mim energia singular para conhecer a vida por inteiro, e uma vontade indomável de aguilhoar pessoas e coisas, para delas extrair revelações. Isso me lembra o sr. Benjamenta. Mas quero pensar em outra coisa, isto é, não quero pensar em mais nada.

Graças à amabilidade de Johann, conheci bom número de pessoas. Há artistas entre elas, e parecem simpáticos. Bem, o que se pode dizer depois de contato tão fugaz? Na verdade, é terrível como se parecem todos aqueles que se esforçam para obter sucesso neste mundo. Têm todos a mesma cara. Na realidade, não, e, no entanto, têm, sim. Assemelham-se em certa afabilidade veloz e efêmera, resultado, creio, do medo que sentem. Descartam com rapidez pessoas e coisas, apenas para que possam logo cuidar do novo, que também parece demandar atenção. Essa boa gente não despreza ninguém, e, no fundo, talvez despreze todo mundo, ainda que o receio de incorrer em algum descuido repentino não lhe permita demonstrá-lo. A melancolia dessas pessoas as faz amáveis, seu medo as torna simpáticas. Além disso, cada uma delas deseja ser respeitada. São cavalheiros. E parecem nunca se sentir inteiramente bem. Como haverá de sentir-se bem quem dá valor às demonstrações de respeito e às distinções que este mundo confere? Ademais, creio que essas pessoas, que, afinal, são seres sociais e não criaturas primitivas, se sentem continuamente acossadas por seus eventuais sucessores. Cada uma delas pressente o ataque surpreendente e sinistro, o ladrão familiar a se avizinhar com novos talentos, espraiando danos e humilhações de toda sorte ao seu redor. É por isso que, em tais círculos, o recém-surgido é sempre o mais procurado e o preferido, e ai do mais velho, quando a novidade se distingue por inteligência, talento ou gênio inato. Estou, contudo, simplificando demais as coisas. Há aí outro fator, bastante diverso. Nesses círculos de avançada cultura e elevada formação, impera um cansaço impossível de ser ignorado ou incompreendido. Não se trata, digamos, daquele esnobismo formal da nobreza de sangue. Não. Trata-se de um cansaço que repousa numa sensação verdadeira, assaz genuína, mais elevada e atuante: o cansaço do homem enfermo saudável. São, todos eles, cultos e bem formados, mas respeitam-se mutuamente? Quando devotam ao assunto honesta reflexão, são homens satisfeitos com sua posição neste mundo; mas sentem-se de fato satisfeitos? Aliás, há homens ricos entre eles. Desses, nem falo, porque o dinheiro que uma pessoa possui demanda que ela seja avaliada com base em novos pressupostos, bastante diversos. Mas são, com efeito, homens gentis e, à sua maneira, importantes, e só posso ficar muito grato a meu irmão por ter me possibilitado conhecer um pedacinho do mundo. Nesses círculos, já me chamam o pequeno Von Gunten, à diferença de Johann, a quem batizaram o grande Von Gunten. São brincadeiras, e o mundo adora brincadeiras desse tipo. Eu, não, mas tudo isso é, afinal, tão desimportante. Sinto como é pequeno meu interesse por aquilo a que chamam de mundo, e como me é grandioso e arrebatador o que eu, em silêncio, chamo de mundo. De todo modo, meu irmão se esforçou para me apresentar a essa sociedade, e é meu dever atribuir grande importância a isso. E, de fato, é grande essa importância. Para mim, tudo é grande, até mesmo o que há de mais insignificante. Para conhecer bem duas ou três pessoas, é já necessária uma vida inteira. Esses são princípios que aprendi com os Benjamenta, e como são diferentes os Benjamenta de tudo que significa mundo. Quero ir dormir.

* * *

Nunca me esqueço de que sou um descendente a quem cabe começar de baixo, bem de baixo, mas que não possui as qualidades necessárias à ascensão. Ou talvez eu as possua. Tudo é possível, mas não acredito naqueles momentos de vaidade em que imagino para mim mesmo uma mescla de felicidade e esplendor. Não tenho nenhuma das virtudes de um arrivista. Sou insolente, às vezes, mas por mero capricho. O arrivista, contudo, exibe sempre uma insolência que se faz de modesta, ou um gesto insolente, sempre insolente, de insignificância. São muitos os arrivistas, aliás, e eles se agarram com parva determinação ao que conquistaram, o que é magnífico. Podem ser nervosos também, enfadados, desgostosos, cansados "de todas as coisas", mas esse desgosto jamais é profundo no verdadeiro arrivista. Arrivistas são senhores, e é a um desses senhores, talvez a um senhor um tanto arrogante, que eu, descendente de ilustre linhagem, ou o que quer que eu seja, vou servir, e hei de servi-lo honradamente, com lealdade, confiabilidade, firmeza, sem pensar, sem almejar nenhuma vantagem pessoal, porque só assim, isto é, com toda a decência, é que poderei servir de fato a alguém. Noto agora que possuo certo parentesco com Kraus, e sinto quase alguma vergonha disso. Nunca, jamais se alcança algo de grande com sentimentos como aqueles que abrigo em relação ao mundo, a não ser que se abra mão da grandeza cintilante e se chame grande o que é cinzento, imóvel, duro e inferior. Sim, servir é o que vou fazer, cumprir sempre e de novo obrigações nada cintilantes, sempre, e corar de felicidade qual um tolo quando, de passagem, receber um agradecimento. É idiota, mas é a pura verdade, e sou incapaz de me entristecer com essa percepção. Tenho de confessar: nunca fico triste; nunca, nunca me sinto solitário, e também isso é idiota, porque com a sentimentalidade, com aquilo a que se chama grito, se fazem os melhores negócios, os mais proveitosos e os mais exitosos para a escalada de um arrivista. Eu, porém, sou grato pelos esforços, por todos eles, pelo mais desgracioso dos empenhos a me conduzir no caminho da honra e do respeito. Na casa de meu pai e de minha mãe, todas as paredes recendiam a tato, muito tato. Bem, é só um modo de dizer. Nossa casa era muito distinta. E tão clara. A casa toda era como um sorriso gracioso e benfazejo. Minha mãe é uma mulher tão fina. Pois muito bem. Arrivista, portanto, condenado a servir e a fazer as vezes de uma pessoa de sexta categoria nesta vida e neste mundo. Na minha opinião, isso é bom, porque, como diz mesmo meu irmão? "Os poderosos são os verdadeiros famintos." Não me agrada acreditar nisso. E, ademais, eu lá tenho necessidade de consolo? Pode-se consolar um Jakob von Gunten? Enquanto eu tiver braços e pernas saudáveis, não há possibilidade alguma.

Quando quero, quando me obrigo a fazê-lo, sou capaz de reverenciar qualquer coisa, até o mau comportamento, contanto que haja nele muito ouro. Modos ruins só precisam deixar cair moedas de vinte marcos, e já eu me agacho para apanhá-las. O sr. Benjamenta, aliás, é da mesma opinião. Diz ele que não é certo desprezar o dinheiro e a vantagem que provêm de mãos desairosas. Um discípulo do Instituto Benjamenta deve prezar, e não desprezar, a maioria das coisas. Mudando de assunto, ginástica é uma coisa bonita. Tenho grande paixão por ela e sou, é claro, bom ginasta. Fazer amizade com uma pessoa nobre e praticar ginástica, aí estão duas das coisas mais belas que há no mundo. Dançar e encontrar alguém que seja merecedor do meu respeito é, para mim, uma única e mesma coisa. Adoro mover os espíritos e os membros. Mexer as pernas é já uma beleza! Mas ginástica é idiota também, não leva a nada. Será que tudo aquilo pelo qual tenho gosto ou preferência precisa mesmo levar a nada? Mas ouça! Que é isto? Estão me chamando. Preciso parar.

"É sincero esse seu empenho, Jakob?", perguntou-me a professora. Foi no começo da noite. Em algum lugar, reluzia um brilho avermelhado, como o reflexo de um majestoso sol poente. Estávamos à porta do meu quarto. Eu havia acabado de entrar, com o propósito de me entregar um pouco a meus pressentimentos. "Srta. Benjamenta", disse eu, "a senhorita duvida da seriedade e da honradez de meus esforços? Serei eu um farsante, um vigarista aos olhos de quem tanto venero?" Creio que meu olhar tinha algo de verdadeiramente trágico ao dizê-lo. Ela voltou seu belo semblante em minha direção e disse: "Deus me livre, Deus me livre. Você é um rapaz simpático. É impetuoso, mas é direito, decente, agradável, gosto de você. Está satisfeito? Hein? E então? Você continua arrumando sua cama direitinho toda manhã? Não? E o regulamento? É provável que você já não o respeite há um bom tempo, não é? Não respeita? Ou respeita? Ah, você é um bom rapaz, eu acredito. Nem mesmo todos os louvores do mundo poderiam banhá-lo em justiça suficiente. Não seria o bastante. Baldes cheios de elogios lisonjeiros, imagine; cubas, jarros repletos. Seria preciso um rodo para enxugar as muitas e belas palavras de reconhecimento. Não, Jakob, quero falar muito sério agora. Ouça. Vou lhe dizer no ouvido. Quer me escutar ou prefere enfiar-se aí em seu quarto?". "Diga, prezada senhorita, estou ouvindo", respondi cheio de temerosa expectativa. De súbito, ela estremeceu. Recompôs-se depressa, porém, e prosseguiu: "Estou indo, Jakob, estou indo. Vai-se-me... Mas não posso lhe contar. Talvez em outra oportunidade, está bem? Sim, talvez amanhã, ou só daqui a uma semana. Ainda terei tempo suficiente para isso. Diga-me, Jakob, você gosta um pouquinho de mim? Significo alguma coisa nesse seu peito, nesse seu jovem coração?". De pé em minha frente, ela apertava os lábios com fúria. Inclinei-me com rapidez sobre sua mão, caída com indizível tristeza ao longo da túnica, e a beijei. Estava tão feliz de poder lhe dizer o que sempre sentira por ela. "Você tem apreço por mim?", ela tornou a perguntar com voz bem aguda, já quase sufocada e morta, de tão aguda. Eu disse: "Como pode a senhorita duvidar disso? Sinto-me infeliz". Revoltou-me, no entanto, que eu quase chorasse. Com um movimento brusco, soltei-lhe a mão e retomei a postura respeitosa. E ela se foi, contemplando-me quase numa súplica. Como tudo se modificou neste antes autoritário Instituto Benjamenta! Tudo se reduz, os exercícios, o brio, o regulamento. Estou numa casa dos mortos ou numa casa de júbilos e prazeres celestiais? Alguma coisa está acontecendo, mas não compreendo o que é.

Ousei externar a Kraus um comentário sobre os Benjamenta. Disse-lhe que sentia turvar-se o brilho que o instituto sempre possuíra. O que significava? Por acaso, ele sabia de alguma coisa? Kraus irritou-se e me respondeu: "Mas, criatura, você com certeza está prenhe dessas fantasias bobas, não? Que ideias são essas? Vá trabalhar. Faça alguma coisa, e aí vai parar de notar coisas tão notáveis. Que sujeito mais bisbilhoteiro! Fica aí, bisbilhotando ideias e opiniões. Suma da minha frente! Logo, não vou querer ver você nunca mais!". "E desde quando você se tornou assim, tão rude?", perguntei, mas preferi deixá-lo em paz. No transcorrer do dia, tive oportunidade de conversar sobre Kraus com a srta. Benjamenta. Disse-me ela: "É, o Kraus não é nem um pouco como as outras pessoas. Fica lá, sentado, até que alguém precise dele. Se o chamam, então ele se mexe, sai correndo. A pessoas como ele, ninguém dá grande valor ou atenção. Na verdade, nunca as elogiam e mal lhes agradecem. De gente como Kraus, só se exigem coisas. Faça isso, faça aquilo. E nem percebemos o serviço prestado, e com que perfeição! Não o percebemos, aliás, de tão perfeito que é. A pessoa de Kraus em si não é nada: ele é o que realiza. O executor Kraus, sim, é alguma coisa, mas mal notamos sua presença. Você, por exemplo, Jakob, é elogiado; fazer um bem a você é algo que traz alegria. Para Kraus, não sobra uma única palavra de elogio, nenhum afeto. Comparado a Kraus, você é bem negligente, Jakob. Mas é mais simpático. Mais não digo, porque você não entenderia. E Kraus logo vai nos deixar. Será uma perda, Jakob, ah, sim, será uma perda. Quando meu Kraus não estiver mais aqui, o que restará? Você, sim, é verdade, e agora está bravo comigo, não está? Está bravo porque me entristece que Kraus tenha de partir. Está com ciúme?". "Claro que não. Também eu lamento muito que ele nos deixe", respondi-lhe. De propósito, disse-o com toda a formalidade. Também eu fiquei melancólico, mas julguei apropriado demonstrar alguma frieza. Mais tarde, tentei conversar com Kraus, que, no entanto, reagiu com extrema hostilidade. Sentado à mesa, sombrio, não trocava uma palavra com pessoa alguma. Também ele sente que algo não anda bem por aqui, só que não o diz a ninguém, apenas a si mesmo.

Com frequência, tenho a sensação de haver sofrido uma grande derrota interior. Aí, então, me posto no meio da sala de aula e começo a fazer arte, coisas bem infantis, aliás. Ponho na cabeça o boné do Kraus ou um copo cheio d'água etc. Ou o Hans está por perto e, juntos, jogamos chapéus para o alto, intentando encaixá-los na cabeça de alguém. Como Kraus nos despreza toda vez que fazemos isso! Schacht arrumou uma colocação, por três dias, mas já voltou, pleno de descontentamento e de toda sorte de desculpas raivosas e dolorosas. Eu já não havia dito que ele se daria mal lá fora, no mundo? Schacht vai sempre se debater em repartições públicas, tarefas e colocações, mas nada jamais será do seu agrado. Dessa vez, diz ele que precisava trabalhar demais; falou-nos de superiores astutos, maldosos e vagabundos que, tão logo ele assumiu o posto, tê-lo-iam cumulado indevidamente de tarefas, atormentando-o e prejudicando-o. E eu acredito em Schacht. Acredito de muito bom grado, isto é, julgo ser verdade o que ele diz, porque o mundo é mesmo incompreensivelmente rude, autoritário, caprichoso e cruel com pessoas enfermiças e sensíveis. Bem, por enquanto ele vai ficar aqui conosco. Rimos dele um pouco, quando ele chegou, o que também é necessário; Schacht é jovem, afinal, e não lhe cabe pensar que, para o seu caso, haverão de existir gradações, vantagens, cuidados ou escrúpulos especiais. Acaba de experimentar sua primeira decepção, e estou convencido de que vai enfrentar vinte decepções, uma atrás da outra. Para certas pessoas, a vida, com suas leis selvagens, não passa de uma cadeia de desalentos e pavorosas más impressões. Pessoas como Schacht nasceram para sentir contínua e sofrida aversão. Bem que ele gostaria de acolher e dar boas-vindas a tudo, mas simplesmente não consegue. A dureza e a inclemência golpeiam-no sem misericórdia, e com força decuplicada; é que ele as sente de forma mais aguda. Pobre Schacht. É uma criança e deveria regalar-se ao som de melodias, deveria poder aninhar-se em meio a coisas benfazejas, macias, incapazes de despertar preocupação. Ouvir em segredo o murmurar aconchegante da água e os gorjeios dos pássaros. Às nuvens pálidas e ternas do fim de tarde, cumpriria conduzi-lo ao reino do "Ah, que se passa comigo?". Aquelas mãos prestam-se aos gestos suaves, e não ao trabalho. Diante dele, deveria soprar uma brisa, com doces vozes amigas sussurrando-lhe às costas. A seus olhos, caberia permanecerem venturosamente fechados e, a ele, poder cochilar de novo quando, de manhã, acordasse mergulhado em almofadas quentes e voluptuosas. No fundo, inexiste atividade que lhe seja apropriada, porque toda ocupação é, para quem ostenta seu aspecto, inapropriada, antinatural e inadequada. Comparado a Schacht, sou um brutamontes. Ah, ele será esmagado e, um dia, perecerá num hospital, ou então, arruinado de corpo e alma, vai se consumir numa de nossas modernas prisões. Agora, espreme-se pelos cantos da sala de aula, envergonhado e tremendo ante um futuro adverso e desconhecido. Preocupada, a srta. Benjamenta o contempla, mas, no momento, também ela se vê dominada por seus próprios problemas, e em tal medida que não poderia de fato cuidar dele. De resto, nem teria como ajudá-lo. Um deus talvez devesse e pudesse fazê-lo, mas deuses não existem; o que há é apenas um único Deus, demasiado sublime para ser de alguma valia. Prover ajuda e alívio, tais coisas nem seriam apropriadas ao Todo-Poderoso, ou pelo menos é o que eu sinto.

Agora, todo dia a srta. Benjamenta troca algumas palavras comigo, ou na cozinha, ou na sala de aula por vezes vazia e em absoluto silêncio. Kraus age como se esperasse permanecer ainda toda uma década no instituto. Estuda suas lições com austeridade, mas sem mau humor, ou, melhor dizendo, sim, de mau humor, mas mal-humorado ele sempre foi, o que não significa nada. Esse homem é incapaz de toda e qualquer precipitação ou impaciência. "Esperar" é o que traz escrito na testa serena, em letras quase majestosas. Sim, a senhorita já o disse certa vez; disse-me que Kraus era majestoso, e é verdade: a insignificância de seu ser tem um quê de despotismo invisível. Ontem, ousei dizer a minha cara senhorita: "Se alguma vez, ainda que apenas uma vezinha minúscula, comportei-me antes com arrogância do que tomado pelos sentimentos e pelos grilhões da mais pura veneração, tudo que desejo é odiar-me, perseguir-me, enforcar-me com uma corda, envenenar-me com o mais mortal dos venenos, degolar-me com uma faca, seja ela de que tipo for. Não, é absolutamente impossível, senhorita. Eu jamais poderia feri-la. Já em razão de seus olhos, que sempre representaram para mim a ordem, o mandamento de beleza intangível. Não, não estou mentindo. Ah, quando a senhorita aparece na porta! Aqui, nunca careci de um céu, nem da lua, do sol ou das estrelas. A senhorita, sim, a senhorita sempre foi para mim a aparição suprema. O que digo é a verdade, e só posso supor que também a senhorita sinta a grande distância que existe entre estas minhas palavras e toda e qualquer bajulação. Detesto meu eventual bem-estar futuro e abomino a vida. Sim, assim é. E, no entanto, como Kraus, logo vou precisar partir, sair rumo à vida odiosa. A senhorita representou para mim minha saúde física. Se lia um livro, era a senhorita que eu lia, e não o livro: a senhorita era o livro. Sim, isso mesmo. Muitas vezes, comportei-me mal. Em algumas delas, a senhorita precisou chamar minha atenção para a arrogância que ameaçava devorar-me e me enterrar sob os escombros da presunção indevida. Como ela, então, cedia, tão rapidamente quanto um raio! Como sempre dei ouvidos ao que a srta. Benjamenta dizia! A senhorita sorri? Sim, esse sorriso sempre foi para mim um impulso na direção do bem, da valentia e da verdade. A senhorita sempre foi boa para mim, boa demais para um rapaz teimoso como eu. E agora, ao vê-la, meus muitos erros se precipitam a seus pés, suplicando perdão. Não, não quero sair para a vida e para o mundo. Desprezo o futuro. Quando a senhorita entrava na sala, eu ficava contente; depois, sempre me considerava um idiota. Quantas vezes não quis... sim, tenho de confessar, quantas vezes não desejei, em segredo, privá-la de sua dignidade e grandeza, mas, ainda que açoitando meu engenho, nunca encontrei palavra, nem uma única palavrinha de insulto ou apequenamento contra aquela a quem pretendia ferir um pouquinho. E a punição sempre veio sob a forma de arrependimento e inquietude. Sim, sempre, senhorita, sempre tive de venerá-la. A senhorita se incomoda com minhas palavras? Eu, de minha parte, fico contente de poder dizê-las". Ela me olhou, piscava os olhos, e sorriu. Algo zombeteira mas muito satisfeita. Além do mais, pude notar que, em pensamento, ela se ocupava de algo muito distante. Estava ausente e por isso, somente por isso, foi que ousei falar-lhe dessa maneira. Evitarei fazê-lo de novo.

Por certo, não é da minha conta, mas chamou-me a atenção que não estejam ingressando no instituto novos alunos. Será que a reputação como educador de que desfruta ou desfrutou o sr. Benjamenta está minguando ou mesmo desaparecendo? Isso seria triste. Mas talvez tudo não passe de sensibilidade exagerada de minha parte. Tornei-me um pouco nervoso aqui, se é que se pode chamar assim certa tensão que se faz acompanhar do abatimento da minha capacidade de observação. Tudo aqui é tão tenro que é como se pisássemos no ar, e não em chão firme. E há ainda essa constante necessidade de estarmos preparados e atentos, o que também pesa bastante, talvez. É bem possível. Estamos sempre à espera de alguma coisa, o que, no fim das contas, é de fato debilitante. E essa espera, esse estar à espreita, é coisa que nos proibimos com rigor, porque inadmissível. Bem, também esse esforço demanda energia. Com frequência, a senhorita se posta à janela e olha longamente lá para fora, como se já vivesse em outro lugar. Sim, assim é a existência nada saudável ou natural que aqui vige: nós todos, tanto a direção como nós, discípulos, vivemos já quase em outra parte. É como se apenas provisoriamente ainda respirássemos, comêssemos, dormíssemos, acordássemos, ministrássemos e tivéssemos aulas neste instituto. Uma espécie de inexorável energia motora bate aqui suas asas murmurantes. Estamos todos à espreita do que está por vir? De um depois? É possível. Mas e se nós, pupilos atuais, formos todos embora e nenhum novo aluno aparecer? Que será, então? Pobres e abandonados restarão os Benjamenta? Fico doente só de imaginar uma coisa dessas, simplesmente doente. Não, jamais. Isso, nunca. E, no entanto, assim terá de ser. Terá de ser?

Ser vigoroso e ativo é não refletir muito, ir depressa e com serenidade ao encontro do que precisa ser feito. É encharcar-se com as chuvaradas do empenho, fazer-se duro e forte com os golpes e as fricções daquilo que demanda a necessidade. Eu odeio essas formulações inteligentes. Queria pensar em coisa bem diferente. Ah, já sei: tem a ver com o sr. Benjamenta. Estive outra vez em seu escritório. Eu o estou sempre importunando por causa da colocação que lhe cabe obter, e logo, para mim. Assim, também dessa vez perguntei como estavam as coisas, se havia alguma perspectiva etc. Ele fez menção de se enfurecer. Ah, sim, segue ainda desejando enfurecer-se, e eu sempre permaneço calmo ao irritá-lo. Fiz a pergunta em voz bem alta, com rispidez e impertinência. O diretor ficou sem graça, começou até a coçar atrás das grandes orelhas. É claro que ele não possui aquilo a que costumamos chamar orelhas grandes: em comparação com outras, suas orelhas não são tão grandes assim, mas o fato é que tudo nele é grande e, por consequência, também as orelhas. Por fim, ele se aproximou, sorriu-me um sorriso estranhamente bonachão e disse: "Então, você quer ir trabalhar, não é, Jakob? Pois eu lhe digo: fique aqui, é melhor. Para você e para os da sua espécie, aqui é muito bom. Ou não é? Demore-se um pouco mais. Aliás, eu recomendaria a você algum desleixo, uma memória mais curta, certa preguiça mental. Sim, porque, veja, aquilo a que chamam falta de virtudes desempenha papel bastante grande na existência humana; é importante, quase necessário, eu diria. Não fossem essa ausência de virtudes e os erros, o mundo careceria de calor, encanto e riqueza. Metade do mundo, e talvez a metade, no fundo, mais bela, pereceria sem as negligências e as fraquezas. Não, seja preguiçoso. Agora, entenda-me bem, por favor: seja como você é, como aprendeu a ser aqui, mas finja alguma negligência, por favor. Que tal? De acordo? Eu gostaria muito de ver você entregue a alguns devaneios. Deixe pender a cabeça, encha-se de pensamentos, exiba um olhar tristonho, não é mesmo? Sim, porque você demonstra certo exagero da vontade, excesso de caráter. E orgulhoso você é, Jakob! O que pretende de fato? Acha que pode alcançar ou conquistar grandeza no mundo lá fora? Acha que deve? Tem intenções sérias de fazer algo importante? É quase essa — infelizmente — a impressão um tanto grandiosa que você transmite. Ou será que, talvez por teimosia, deseja permanecer bem pequeno? Também disso é bem capaz. Você é um pouco solene demais, impetuoso e triunfante demais. Mas tudo isso é tão desimportante. Você vai ficar aqui, Jakob. Não vou lhe arrumar colocação nenhuma, não tenho a menor intenção de arranjar nada desse tipo para você. Sabe de uma coisa? Eu ainda preciso de você aqui. Mal me aposso de você, meu rapaz, e já quer ir embora? De modo algum. Entedie-se da melhor maneira que puder aqui no instituto. Ah, meu pequeno conquistador do mundo, na vida lá fora, no trabalho, no empenho, na lida, lá, sim, é que os oceanos do tédio, do vazio e da solidão vão bocejar para você. Fique aqui. Alimente um pouco mais seus anseios. Você não imagina a felicidade e a grandeza que há no anseio, na espera. Espere, pois. Deixe-se afligir, em todo caso. Mas não demais. Olhe, sua partida seria dolorosa para mim, abriria uma ferida, uma ferida absolutamente incurável, quase me mataria. Mataria? Vejo-me obrigado a pedir que você ria de mim, mas ria mesmo. Ria da minha cara, Jakob, sem vergonha nenhuma. Eu lhe dou permissão. Agora, me diga: como poderei eu lhe permitir ou proibir alguma coisa no futuro? Eu, que acabo de convencê-lo de que sou quase, quase dependente de você? O que fiz me dá calafrios, me revolta e alegra ao mesmo tempo, Jakob. Mas, pela primeira vez, amo um ser humano. Isso, porém, você não há de compreender. Vá. Ande. Saia daqui, mal-educado. Mas saiba que ainda sou capaz de punir. Trate de ter medo de mim". Aí estava, eu tinha conseguido: de súbito, ele se enfurecera outra vez comigo. Afastei-me a toda a pressa daquele olhar sombrio que me penetrava. Que olhos! Que olhos aqueles, do senhor diretor. Devo observar aqui que possuo inacreditável habilidade para desaparecer de um lugar. Quando o diretor disse "Trate de ter medo de mim", eu literalmente voei para longe do escritório; não, saí zunindo como o vento. Ah, sim, de vez em quando só se pode ter medo dele. Eu julgaria até inapropriado não sentir medo nenhum, porque aí tampouco teria coragem, que nada mais é do que a superação do medo. De novo, pus-me a escutar pelo buraco da fechadura e, de novo, silêncio total. Muito infantil, qual um verdadeiro escolar, até mostrei a língua, e aí não pude conter o riso. Acho que nunca ri tanto. É claro que bem baixinho. A mais genuína gargalhada reprimida que se pode conceber. Quando rio assim, não há nada que me seja superior. Torno-me insuperável em minha capacidade de abarcar e dominar. Em momentos como esse, sou simplesmente grande.

Pois assim é. Continuo aqui, no Instituto Benjamenta, ainda e sempre temente aos preceitos vigentes; as aulas prosseguem, perguntas são feitas e respondidas, voamos a cumprir ordens, Kraus segue batendo na minha porta de manhã cedinho, com seu dedo arqueado de raiva e seu irritante "Levante-se, Jakob"; ainda dizemos, nós todos, pupilos, "Bom dia, senhorita", quando ela aparece, e "Boa noite, senhorita", quando, à noite, a srta. Benjamenta se recolhe. Continuamos presas das férreas garras das numerosas normas e seguimos nos alongando em repetições instrutivas e monótonas. De resto, estive, enfim, nos verdadeiros aposentos interiores e devo dizer que tal coisa não existe. São dois quartos, mas, em aparência, nenhum deles tem nada de especial. A mobília é escassa, a própria imagem da economia e da trivialidade, e os cômodos não contêm absolutamente nada de misterioso. É estranho. De onde fui tirar a ideia de que os Benjamenta viviam em aposentos singulares? Ou será que, tendo sonhado, agora acordei do sonho? De todo modo, há peixes-dourados lá, e nós, Kraus e eu, precisamos de tempos em tempos esvaziar o aquário em que nadam e moram essas criaturas, a fim de limpá-lo e enchê-lo de água fresca. Por acaso, haveria aí algo de remotamente mágico? Qualquer família comum de funcionários prussianos tem peixes-dourados em casa, e não há nada de incompreensível ou peculiar no lar de uma família comum de funcionários prussianos. Admirável! E eu, que acreditava com tanta firmeza nos tais aposentos interiores... Achava que, por trás da porta pela qual a senhorita entra ou sai, só podia ocultar-se enorme quantidade de cômodos e aposentos dignos de um castelo. Por trás da porta corriqueira, via em minha mente escadas de caracol a descrever graciosas espirais, assim como outras escadas, largas e pétreas, recobertas de tapeçaria. Via também uma antiquíssima biblioteca e corredores, corredores alegres, compridos e atapetados, estendendo-se, em minha fantasia, de uma ponta a outra do "edifício". Com todas essas minhas ideias e tolices, logo vou poder fundar uma sociedade anônima para a propagação de belas invenções, nada confiáveis. Capital para tanto, tenho o suficiente; fundos, não vão faltar; porque compradores para ações desse tipo há por toda parte onde o pensamento e a crença na beleza ainda não tenham se extinguido por completo. As coisas todas que imagino! Um parque, é claro. Sem um parque, não posso viver. E uma capela também, mas, curiosamente, não uma capela romântica e em ruínas, e sim uma capela restaurada e limpa, um pequeno templo protestante. O pastor sentado à mesa do café da manhã. E que mais? Jantares, caçadas. À noite, dançar no grande salão, de cujas paredes altas de madeira escura pendem os retratos dos ancestrais da estirpe. Que estirpe? Gaguejo, porque, na verdade, não sei dizê-lo. É profundo meu arrependimento por ter sonhado e inventado tanta coisa. Vejo a neve voando, e voando em direção ao pátio do castelo. São grandes flocos molhados e é de manhã cedo, sempre uma manhã escura e invernal. Ah, e uma coisa bem bonita, um saguão, sim, vejo um saguão. Encantador! Três nobres e elegantes anciãs sentadas junto ao sorrisinho abafado e crepitante do fogo na lareira. Fazem crochê. Que fantasia... não ver além de senhoras fazendo tricô ou crochê. A mim, porém, é justamente isso que inebria. Tivesse eu inimigos, eles diriam que isso é doentio e acreditariam ter razões para me repugnar, a mim e a esse tricotar adorável e familiar. Depois, uma maravilhosa ceia, com velas cintilando sobre castiçais prateados. A alegria à mesa reluz, ofusca, tagarela. Minha imaginação empresta a tudo verdadeira beleza. E mulheres, que mulheres! Uma delas parece uma princesa de verdade, e é o que ela é. Há também um inglês presente. Como murmuram as roupas das mulheres, como ondeiam os seios nus, para cima e para baixo! Perfumes atravessam a sala de jantar qual linhas serpenteantes. A pompa se une ao pudor, o bom-tom ao prazer, a alegria à fineza, e, atrelada à elegância, a nobreza de sangue. Em seguida, tudo isso desaparece, dando lugar a outra coisa, nova. Sim, os aposentos interiores tinham vida, e agora me foram quase roubados. A parca realidade: que tremenda ladra ela às vezes é. Rouba coisas com as quais, depois, não sabe o que fazer. Ao que parece, diverte-se espraiando melancolia. Melancolia que, aliás, torno a querer bem e que me é muito, muito valiosa. Porque forma.

Heinrich e Schilinski se foram. Um aperto de mão e um adeus. Partiram. É bem provável que eu nunca mais os veja. Como são breves as despedidas. Quer-se dizer alguma coisa, mas, bem na hora, se esquece o apropriado a dizer e não se diz nada, ou se diz alguma idiotice. Despedir-se é horroroso, para quem parte e para quem fica. Momentos assim sacodem a vida humana, e sentimos vividamente o nada que somos.

Despedidas rápidas são desconsideradas; despedidas longas, insuportáveis. Que fazer? Bem, só resta mesmo dizer algo simplório. A srta. Benjamenta disse-me coisa bastante singular. "Jakob", disse ela, "estou morrendo. Não se assuste. Deixe-me conversar com você com toda a serenidade. Diga-me: por que você se tornou meu confidente? Desde que chegou aqui, sempre julguei você uma pessoa simpática, terna. Por favor, não me faça nenhuma objeção pseudossincera. Você é vaidoso. Não é? Escute, é verdade, é o meu fim. Você é capaz de guardar segredo? É que precisa manter silêncio sobre o que acaba de ouvir. Acima de tudo, o senhor diretor, meu irmão, não pode saber de nada: lembre-se bem disso. Mas estou absolutamente tranquila, e posso ver que você também está, que vai se conter e manter a boca fechada, eu sei. Algo me corrói, sucumbo sob o peso de alguma coisa que sei o que é. É tão triste, meu caro e jovem amigo, tão triste. Confio em sua força, não é mesmo, Jakob? Sei que você é forte. Tem coração. Kraus não seria capaz de ouvir até o fim o que tenho a dizer. Acho tão belo que você não chore. Ah, me desagradaria muito se, desde já, desde já seus olhos ficassem úmidos. Há tempo para tudo isso. E acho tão bonito o modo como me ouve. Ouve minha história infeliz como se fosse coisa pequena, delicada e costumeira, algo que não faz mais que demandar atenção, só isso. É assim que você me ouve. Sabe se comportar muitíssimo bem, quando se esforça de verdade. Se bem que, arrogante, você é, isso nós já sabemos, não é mesmo? Quieto, não diga nada agora. Sim, Jakob, a morte (oh, que palavra!) está bem próxima de mim. Veja, assim como agora exalo o ar no seu rosto, sinto em minha nuca o hálito gélido e pavoroso da morte, e sucumbo, sucumbo sob esse hálito. Sinto um peso em meu peito. Deixei você triste? Diga. Isso é triste para você? Um pouco, não é? Mas agora precisa esquecer tudo isso, ouviu bem? Esqueça! Depois eu volto e, como hoje, digo a você como estou passando. Você vai tentar esquecer tudo isso, não é verdade? Venha, venha cá. Deixe-me tocar sua testa. Você é um bom menino." Ela me puxou com muita suavidade para si e estampou algo como um hálito em minha testa. Tocá-la, ao contrário do que havia dito, nem tocou. Depois, afastou-se em silêncio e deixou-me a sós com meus pensamentos. Pensamentos? Vá lá. De novo, pensei na falta de dinheiro. Foi esse o meu pensamento. Assim sou eu, rude, inconsiderado. E, afinal, a questão é a seguinte: abalos do coração entram-me pela alma como o frio mais gélido. Quando sou motivado a sentir pesar, o sentimento do pesar me foge por completo. Não gosto de mentir. Sobretudo de mentir para mim mesmo: que sentido teria? Minto em outras partes, mas não aqui, diante de mim mesmo. Não, quem é que sabe? Cá estou eu, vivendo, e a srta. Benjamenta vem me dizer algo tão terrível. O que eu faço, eu, que a venero? Não derramo uma única lágrima! Sou uma pessoa vulgar, é isso. Mas espere um pouco. Rebaixar-me tanto assim também não desejo. Fiquei perplexo e, por isso... Mentira, tudo isso não passa de mentira. E, na verdade, eu já sabia. Sabia? Essa é outra mentira. Não sou capaz de dizer a verdade a mim mesmo. Seja como for, vou obedecer à senhorita e calar sobre essa história toda. Poder obedecer-lhe! Enquanto eu lhe obedecer, ela permanecerá viva...

Supondo-se que eu fosse um soldado (e, já por natureza, sou um excelente soldado), soldado comum de infantaria, e servisse sob a bandeira de Napoleão, um dia eu partiria em marcha rumo à Rússia. Estaria bem com meus camaradas, porque a miséria, as privações e os muitos atos conjuntos de brutalidade nos uniriam como se numa espécie de coesão férrea. Terrível seria nosso olhar, sempre voltado para a frente. Sim, o terror, a ira inconsciente e embotada nos uniria. E marcharíamos adiante com o fuzil a tiracolo. Nas cidades pelas quais passaríamos, uma multidão humana ociosa, frouxa, desmoralizada pelo marchar de nossos pés, nos contemplaria boquiaberta. Depois, já não haveria cidades, ou haveria apenas umas poucas, raras. Em vez disso, extensões sem fim se alongariam diante de nossos olhos e pernas até a fina linha do horizonte. A terra rastejaria lentamente. Então, chegaria a neve para nos recobrir, mas seguiríamos sempre marchando. Agora, as pernas seriam tudo. Meus olhos baixos contemplariam por horas a fio a terra molhada. Eu teria muito tempo para o arrependimento, para infindáveis autoacusações. Mas seguiria mantendo o passo, jogando as pernas para a frente e para trás, marchando adiante. De resto, nossa marcha mais pareceria um trote. Volta e meia, surgiria a grande, enorme distância, o simulacro de uma cadeia de montanhas, fina como o fio de um canivete, uma espécie de floresta. E aí saberíamos que, além da floresta, cuja borda alcançaríamos depois de horas, novas e infindáveis planícies se estenderiam. De tempos em tempos, tiros seriam disparados. Os estalidos isolados nos lembrariam do que estava por vir, da batalha que, um dia, teria lugar. E continuaríamos marchando. Os oficiais seguiriam adiante com semblante triste, ladeados por ajudantes que, como se acossados por terror premonitório, chicoteariam seus cavalos à beira do cortejo, apressando-os. Pensaríamos no imperador, no general, um pensamento vago, por certo, mas que, ainda assim, ensejaria consolo. E seguiríamos sempre adiante. Inúmeras interrupções, pequenas mas terríveis, impediriam momentaneamente o avanço. Mal as notaríamos; prosseguiríamos em nossa marcha. Então, lembranças me invadiriam, a um só tempo difusas e extremamente nítidas. Destroçariam meu coração feito aves de rapina à presa bem-vinda, transportando-me para a familiaridade da terra natal, para junto da dourada e redonda colina de vinhedos, coroada por delicada névoa. Eu ouviria os cincerros ressoando na alma. Um céu carinhoso de aquarela, rico em cores, estender-se-ia abobadado sobre mim. A dor chegaria quase a me enlouquecer, mas eu seguiria marchando adiante. Meus camaradas, à esquerda e à direita, os soldados à minha frente e logo atrás de mim, esses me importariam acima de tudo. Minhas pernas trabalhariam como uma máquina velha, mas ainda e sempre obediente. Aldeias em chamas ofereceriam aos olhos uma visão cotidiana e já desinteressante, e ninguém mais se espantaria com crueldades inumanas. Então, num início de noite, em meio ao frio cada vez mais gélido, meu camarada, que poderia chamar-se Tscharner, tombaria no chão. Eu iria querer ajudá-lo a se levantar, mas "Deixe-o aí!", ordenaria o oficial. E seguiríamos adiante. Depois, no meio de um dia, avistaríamos o semblante de nosso imperador. Com seu sorriso, ele nos encantaria a todos. Sim, àquele homem jamais ocorreria, com uma expressão sombria no rosto, enervar e desencorajar seus soldados. Certos da vitória, as batalhas futuras ganhas de antemão, avançaríamos pela neve. Então, depois de marchas infindáveis, chegaria enfim a batalha, e não seria impossível que, tendo sobrevivido, eu seguisse adiante. "Para Moscou!", diria alguém em nossa fileira. Por alguma razão que desconheço, eu me absteria de responder-lhe. Já não seria um ser humano, mas apenas um pequeno componente na engrenagem de uma grande empreitada. Nem me lembraria mais de meus pais, dos parentes, das canções, dos tormentos ou das esperanças pessoais, esquecido por completo do sentido e da magia da terra natal. A disciplina e a paciência de soldado ter-me-iam transformado num sólido e impenetrável amontoado de carne e osso, já quase inteiramente desprovido de conteúdo. E assim seguiríamos nós, rumo a Moscou. Não amaldiçoaria a vida, então demasiado execrável já desde tanto tempo; não sentiria dor nenhuma, porque a dor, e todos os seus súbitos estremecimentos, eu já a teria sentido por completo, até o fim. Imagino que tenha sido assim, mais ou menos, ser soldado sob Napoleão.

"Um belo amigo, é o que você é!", disse-me Kraus, na verdade sem motivo nenhum. "É daqueles que, por menos valor que tenham, querem se acreditar acima dos bons ensinamentos. Cale-se, eu sei muito bem! Acha que viu em mim um pedagogo amargo, alguém que sempre quer ter razão. Não me venha com essa. E o que você e os da sua espécie, fanfarrões como são, acreditam que sejam seriedade e atenção? Na certa, com essa sua leviandade saltitante e dançarina — e, claro, cheio de razão —, você deve se imaginar possuidor de reinados e mais reinados, não é assim? Ah, sim, dançarino, conheço você muito bem. Sempre rindo do que é certo e apropriado, isso você sabe fazer, nisso é excepcional: sim senhor, você e seus comparsas são mestres nisso. Mas cuidado, muito cuidado! Não pense que, por amor a vocês, as tempestades, os raios, os trovões e os golpes do destino foram abolidos. De jeito nenhum! Não é pela graça dos senhores artistas — porque isso é o que vocês são — que os que trabalham e vivem vão agora enfrentar menos dificuldades. Aprenda de cor a lição que você há de ter diante dos olhos, em vez de querer mostrar que pode rir de mim. Mas que belo reizinho! Quer me provar que pode se vangloriar sempre que lhe convém. Pois fique sabendo que eu, Kraus, sinto apenas desprezo por esse teatro miserável. Faça alguma coisa! Dizer isso dúzias de vezes diante desse seu nariz empinado não é o bastante. Quer saber de uma coisa, Jakob, senhor rei da existência? Me deixe em paz! Vá em busca de suas conquistas. Estou convencido de que algumas cairão a seus pés, e você só terá o trabalho de recolhê-las. Vocês, aproveitadores, não há quem não queira adulá-los, recebem tudo de mão beijada. Quê? Ainda está aí, com as mãos nos bolsos? Mas é claro, eu compreendo. Quem ganha comida na boca não tem por que se dar a trabalho nenhum, não tem nem por que fingir que pode vir a fazer alguma coisa, um trabalho ou esforço manual. Que tal bocejar um pouco? Seria até melhor. Desse jeito, você até parece preparado para o que der e vier, contido em demasia, modesto demais. Ou será que prefere ditar-me normas? Fique à vontade. Aguardo ansioso... Ora, saia da minha frente! Ou essa sua presença tola vai me fazer perder o juízo, seu... Eu quase ia dizendo... Gente escandalosa nos leva até a querer proferir palavras impróprias. Desapareça ou arrume alguma coisa para fazer. E, ainda por cima, perde todo o recato diante da diretoria. Sim, você! Eu vi. Mas para que seguir falando com alguém que ri à toa? Confesse que você seria bem simpático, se não fosse louco. Admita isso, e eu caio nos seus braços." "Oh, Kraus, criatura mais adorável", respondi-lhe. "Você está escarnecendo, zombando de mim? Então, é capaz disso? Será possível?" E, depois de dar uma risada estridente, tomei lentamente o caminho do meu quarto. Logo, tudo aqui, no Instituto Benjamenta, se caracterizará apenas pela lentidão. É como se "os dias estivessem contados". Mas trata-se de um equívoco. Talvez a própria srta. Benjamenta esteja equivocada. E mesmo o senhor diretor. Estamos todos equivocados, talvez.

Agora, sou um Creso. Decerto, no que se refere ao estimado dinheiro... Quieto, não falemos em dinheiro. Levo uma singular vida dupla: a que segue as regras e a que não segue, a controlada e a incontrolada, a simples e a extremamente complexa. O que o sr. Benjamenta quer dizer quando confessa jamais ter amado um ser humano? Que significado tem que o diga a mim, seu discípulo e escravo? Sim, porque discípulos não passam de escravos, folhas jovens arrancadas de galhos e troncos e postas à mercê dos inclementes ventos tempestuosos, ainda que já algo amareladas. O sr. Benjamenta é vento de tempestade? É bem possível, porque, afinal, tive várias oportunidades de sentir na pele o rugir colérico e a sombria descarga desse vento tempestuoso. Além disso, ele é tão onipotente, ao passo que eu, seu pupilo, como sou minúsculo! Quieto, não falemos em onipotência. Servir-se de grandes palavras é errar sempre. O sr. Benjamenta está tão sujeito a abalos e fraquezas que quase dá vontade de rir, ou, pelo menos, de abrir um sorrisinho irônico. Na minha opinião, somos fracos, todos trememos feito vermes. Pois bem, e é essa percepção, essa certeza, que faz de mim um Creso, isto é, um Kraus. Kraus não ama nem odeia coisa nenhuma, por isso é um Creso; algo nele beira o inatingível. É como uma rocha, e a vida, onda revolta, se quebra em suas virtudes. Sua natureza, todo o seu ser se mostra inteiramente coberto de virtudes. Mal se pode amá-lo, que dirá odiá-lo. Do belo e do gracioso todos gostamos, daí estarem o belo e o bonito tão expostos ao perigo de ser devorados, ao abuso. As ternuras da vida, que nos devoram e consomem, não ousam se aproximar de Kraus. Ele parece perdido, na verdade; mas como se ergue com firmeza, inalcançável. Feito um semideus. Isso, no entanto, ninguém entende, e eu mesmo... às vezes, digo e penso coisas que estão acima da minha própria capacidade de compreensão. Talvez, por isso mesmo, eu devesse me tornar um pastor, um líder de alguma seita ou corrente religiosa. Bem, posso ainda vir a sê-lo. Posso fazer de mim o que quiser. Mas e o Benjamenta? Bem o sei, ele logo vai querer me contar a história de sua vida. Vai sentir necessidade de se abrir e me contar tudo. É bastante provável. E, curiosamente, às vezes me sinto como se jamais pretendesse me separar desse homem, desse gigante, nunca mais, como se nós dois houvéssemos nos fundido numa coisa só. O fato, contudo, é que sempre nos enganamos. Preparado, estar em certa medida preparado: é o que eu desejo. Não em demasia, isso não. Porque estar preparado em demasia significaria ser insolente. Por que esperar da vida alguma coisa de importante? Precisa ser assim? Afinal, sou tão pequeno. É nisso que me apego com todas as forças, nesse ser pequeno, nessa minha pequenez e insignificância. E a srta. Benjamenta? Vai mesmo morrer? Nem ouso pensar no assunto, e tampouco me é lícito fazê-lo. Proíbe-me uma sensibilidade mais elevada. Não, não sou um Creso. E, no que se refere à vida dupla, todo mundo leva uma vida dupla, na verdade. Para que vangloriar-se disso? Ora, todos esses pensamentos, todo esse anseio, essa busca, esse estender as mãos à cata de um sentido. Que seja sonho, que durma. Deixo simplesmente que aconteça. Que aconteça, pois.

Escrevo a toda a pressa. Todo o meu corpo estremece. Vejo um brilho ondular diante dos olhos, como fogo-fátuo a bailar. Aconteceu, ou parece ter acontecido, algo terrível; não estou bem certo de mim mesmo nem do que se passou. O sr. Benjamenta teve um acesso e... tentou me estrangular. Será verdade? Ai de mim. Minhas faculdades mentais se desvanecem, e não sei dizer se é verdade ou não o que aconteceu. Mas percebo, pela perturbação que me assalta, que é verdade, sim. O diretor foi tomado de ira indescritível. Parecia um Sansão, aquele que, na história da Palestina, sacudiu as colunas de um edifício alto e cheio de gente, até fazer desmoronar o palácio festivo e lascivo, o triunfo de pedra com toda a sua maldade. Aqui, isto é, há pouco menos de uma hora, não se tratou de fato de pôr por terra a maldade e a infâmia, e tampouco há colunas e pilares, mas a impressão foi a mesma, igualzinha, e, como uma lebre, senti um medo, um pavor, que nunca havia sentido antes. Sim, foi como me comportei e, com efeito, tinha motivo para fugir como uma lebre, ou com certeza teria me dado muitíssimo mal. Escapei com espantosa agilidade, não posso exprimi-lo de outra maneira; escapuli de suas mãos que me esganavam, e creio mesmo ter mordido o dedo do grande sr. Benjamenta, do gigante Golias. Talvez a mordida abrupta e enérgica tenha me salvado a vida, porque é bem possível que a dor causada pela ferida lhe tenha de súbito lembrado os bons modos, a razão e a humanidade; devo minha vida, talvez, a essa crassa infração da condição de pupilo. Decerto, o perigo de morrer sufocado era iminente, mas como isso foi acontecer, como foi possível uma coisa dessas? O senhor diretor precipitou-se sobre mim qual um demente furioso. Lançou-se com seu corpanzil sobre minha pessoa como a sombra negra de um gênio colérico e enlouquecido; como uma onda, vinha para cima de mim, disposto a me esmagar em sua dura parede de água. O que escrevo sobre a água é invencionice minha. Por certo, não tem sentido, mas é que ainda estou estupefato, enormemente confuso e abalado. "Que é isso, venerado e querido senhor diretor? Ei!", gritei, e corri como um possuído para fora do escritório. Uma vez lá fora, agucei os ouvidos. A salvo no corredor, pus-me à espreita, encostando a orelha no buraco da fechadura, ainda que tremesse nas pernas e nos braços. Foi quando ouvi, baixinho, uma risada. Corri, então, para cá, para minha carteira na sala de aula, e aqui estou, sem saber se sonhei ou se de fato vivi esses acontecimentos. Não, não, assim foi, é fato. Se pelo menos Kraus aparecesse... Afinal, sinto ainda um pouco de medo. Seria tão bom se Kraus, bondoso, aparecesse e, como em tantas outras vezes, me desse uma lição. Em certa medida, ser xingado, repreendido, castigado e condenado é coisa que me faria um bem indizível. Serei, talvez, uma criança?

Na realidade, nunca fui criança, razão pela qual acredito piamente que vou sempre carregar comigo algo de infantil. Cresci, é verdade, tornei-me mais velho, mas minha essência não mudou. Travessuras tolas ainda me dão tanto prazer quanto davam anos atrás, mas aí é que está: na verdade, nunca fiz travessuras tolas. Ainda bem pequeno, abri um buraco na cabeça do meu irmão. Mas isso foi um acontecimento, e não uma tola travessura. É claro, tolices e molecagens, eu as fiz em profusão, mas a ideia sempre me interessou mais do que a realização em si. Desde muito cedo, fui adquirindo uma sensibilidade profunda para tudo, mesmo para travessuras tolas. Não me desenvolvo. É um modo de dizer. Talvez nunca dê ramos e folhas. Um dia, algum aroma vai se propagar de meu ser e de minha origem; serei flor em botão e exalarei um pouquinho de perfume, como se para meu próprio deleite. Depois, tombarei a cabeça, aquela mesma que Kraus caracteriza como parva, arrogante e teimosa. Braços e pernas vão se debilitar de uma maneira estranha; inteligência, orgulho, caráter, tudo, tudo vai brotar e murchar, e estarei morto — não de verdade, mas apenas de certa forma —, e assim vou viver e morrer por sessenta anos, talvez. Vou envelhecer. Mas não tenho medo de mim. Não me infundo medo de coisa alguma. Afinal, não nutro respeito nenhum por meu eu: apenas o contemplo, e o que vejo me inspira total frieza. Oh, desfrutar do calor! Que magnífico! Sempre vou poder desfrutar do calor, porque jamais algo de pessoal, de egoísta vai me impedir de me aquecer, de me inflamar, tomar parte. Que feliz sou eu por não conseguir enxergar em mim nada que seja digno de atenção ou contemplação! Ser e permanecer pequeno. E caso uma mão, circunstância ou onda me erguesse e carregasse até o primado do poder e da influência, eu destruiria as relações a me privilegiar e me precipitaria rumo à escuridão rasteira e insignificante. Só nas regiões inferiores consigo respirar.

Concordo plenamente com o regulamento que aqui vige — ainda e sempre —, quando ele determina que os olhos do pupilo e aprendiz devem cintilar de alegria e boa vontade. Sim, os olhos precisam irradiar a solidez da alma. Desprezo as lágrimas, e, no entanto, chorei. É verdade que o fiz sobretudo em meu íntimo, e isso é que talvez seja o mais terrível. A srta. Benjamenta me disse: "Jakob, estou morrendo porque não consegui encontrar o amor. Este meu coração, que nenhuma criatura digna desejou possuir ou machucar, está à morte. Desde já quero dizer adeus, Jakob. Vocês, rapazes, Kraus, você e os outros, vão cantar uma canção à beira de meu leito de morte. Vão lamentar, lamentar baixinho. E cada um de vocês, eu sei, vai depositar uma flor fresca, talvez ainda úmida do orvalho da natureza, sobre o lençol. Permita que eu me valha da confiança sorridente e fraterna que me inspira esse seu jovem coração. Sim, Jakob, confidenciar-lhe algo é coisa tão natural, porque, olhando para você agora, a impressão que se tem é a de que você há de oferecer a tudo e a todos, até ao indizível e ao inaudível, um ouvido, um peito atento, um olho, uma alma e uma compreensão solidária e compassiva. Eu pereço por causa da incompreensão daqueles que haveriam de me ter visto e tocado, da loucura dos cautelosos e astutos, do desamor da hesitação e do apreço incompleto. Um dia, alguém acreditou me amar, me querer e desejar, mas hesitou, deixou-me sozinha, e também eu hesitei. Afinal, sou uma moça, tinha de hesitar, era-me lícito e apropriado fazê-lo. Ah, como me enganou a infidelidade, como me atormentaram o vazio e a insensibilidade de um coração em que acreditei porque imaginei repleto de sentimentos verdadeiros e prementes. Aquilo que é capaz de refletir e discernir não é sentimento. Falo de um homem em quem sonhos graciosos e doces me fizeram acreditar, e acreditar sem nenhuma preocupação. Não posso contar tudo a você. É melhor que me cale. Ah, essa força aniquiladora que me mata, Jakob. Os desconsolos que me destroem! Mas já basta. Diga-me, você me quer bem, como irmãos mais jovens a suas irmãs? Está bem. Está tudo muito bem, não está, Jakob? Não, nós dois não vamos guardar rancor ou dúvida, não é mesmo? E não ter nunca mais de desejar o que quer que seja é bom, não é? Ou não? Sim, é, sim. Isso é bom. Venha, deixe-me beijar você, uma única vez, um beijo inocente. Seja delicado. Eu sei que você não gosta de chorar, mas vamos chorar juntos um pouquinho. E quietinhos, bem quietinhos". Ela não disse mais nada. Foi como se ainda tivesse muito a dizer mas já não encontrasse palavras para seus sentimentos. Lá fora, no pátio, a neve caía em grandes flocos molhados. Isso me lembrou o pátio do castelo, os aposentos interiores, onde também tinha nevado em grandes flocos molhados. Os aposentos interiores! E eu, que sempre pensei que a srta. Benjamenta fosse a soberana desses aposentos interiores. Sempre pensei nela como uma doce princesa. E agora? A srta.

Benjamenta é uma criatura feminina, delicada e sofredora. Não é uma princesa. Portanto, vai um dia jazer em sua cama, lá dentro. A boca estará rija e, pela testa sem vida, os cabelos, equivocados, vão se encrespar. Mas para que imaginá-lo? Agora, vou até o senhor diretor. Mandou me chamar. De um lado, o lamento e o cadáver de uma moça; do outro, o irmão que parece nunca ter vivido. Sim, o Benjamenta me parece um tigre esfomeado e trancafiado. E então? Vou eu enfiar-me pela goela escancarada, eu? Avante! Que ele resfrie seu ímpeto num pupilo indefeso. Estou à sua disposição. É verdade que o temo, mas, ao mesmo tempo, algo em mim caçoa dele. Além disso, deve-me ainda o relato sobre sua vida. Prometeu-me solenemente, e saberei lembrá-lo dessa promessa. Sim, é como o vejo: como alguém que ainda nem sequer viveu. Quererá agora aproveitar-se de mim para viver? Julgará talvez que cometer um crime é viver a vida? Seria tolo, muito tolo, e perigoso. Mas algo me incita! Preciso ir até ele. Uma força em minha alma, que não compreendo, me obriga sempre de novo a lhe dar ouvidos, investigá-lo por inteiro. Pois que me devore o diretor, ou, em outras palavras, que me submeta a sofrimento e opróbrio. Pelo menos terei então sucumbido por um ato de generosidade. Rumo ao escritório! Pobre mestra...

Com certo desdém, devo dizer, mas também com grande familiaridade (sim, e uma familiaridade decorrente do desdém), o diretor deu-me tapinhas nos ombros e pôs-se a rir com sua boca larga mas bem formada. Ao fazê-lo, mostrou-me os dentes. "Senhor diretor", disse eu com ira inacreditável, "sou obrigado a lhe pedir que me trate com cordialidade menos ofensiva. Ainda sou seu pupilo. De resto, e me é impossível enfatizá-lo a contento, dispenso toda e qualquer misericórdia. Condescendência e bondade, queira, por favor, guardá-las para algum maltrapilho. Meu nome é Jakob von Gunten, um homem jovem mas, ainda assim, consciente de sua dignidade. Não sou merecedor de perdão, bem o sei, mas tampouco de ofensas, que proíbo." E, com essas palavras de ridícula petulância, tão pouco apropriadas à época presente, repeli sua mão. O sr. Benjamenta se riu com alegria ainda maior, dizendo: "Tenho de me conter, Jakob, e apenas abrir um sorriso. Tenho simplesmente de me conter para não lhe dar um beijo, criatura esplêndida". Protestei: "Beijar-me? O senhor enlouqueceu, senhor diretor? Espero que não!". Eu próprio me espantei com a desenvoltura com que disse essas palavras, e, sem querer, como para evitar uma bofetada, dei um passo para trás. O senhor diretor, no entanto, a bondade e a consideração em pessoa, revidou com os lábios trêmulos de satisfação: "Meu jovem rapaz, você é magnífico. Adoraria viver com você no deserto ou nas montanhas de gelo do mar do Norte. Venha cá! Ora, maldito seja, não tenha medo de mim, por favor! Não vou fazer nada. Que mal eu poderia lhe fazer, como conseguiria? Veja, só posso considerá-lo criatura valorosa e rara, e é o que faço, mas você não precisa ter medo disso. No mais, Jakob, e falo agora com toda a seriedade, ouça: quer ficar comigo, quer permanecer a meu lado? Sei que não vai me compreender corretamente, por isso deixe-me explicar com calma. Isto aqui está chegando ao fim, você entende?". Tolas, as palavras precipitaram-se da minha boca: "Ah, senhor diretor, meus pressentimentos!". Ele tornou a rir, e prosseguiu: "Está vendo? Você já pressentia que, se hoje o Instituto Benjamenta ainda vive, estará morto amanhã, por assim dizer. Sim, podemos dizê-lo dessa maneira. Você foi meu último aluno. Não aceitarei novos pupilos. Olhe para mim. Fico muito feliz, compreende?, de ainda ter podido conhecer você, o jovem Jakob, um ser humano tão direito, antes de fechar isto aqui para sempre. Por isso, eu lhe pergunto, a você, pícara criatura, que me agrilhoou com as correntes de uma alegria tão singular, se quer partir comigo, se podemos ficar juntos, começar alguma coisa, empreender, ousar, labutar, nós dois, você, o pequeno, e eu, o grande: podemos tentar juntos atravessar esta vida? Por favor, responda-me agora mesmo". Disse-lhe, então: "Na minha opinião, a resposta a essa pergunta pode esperar um pouco, senhor diretor. Mas o que o senhor propõe me interessa, e vou pensar no assunto, digamos, até amanhã. Creio, porém, que minha resposta será sim". Aparentemente incapaz de se conter, o sr. Benjamenta exclamou: "Você é encantador!". E, depois de uma pausa, retomou a palavra: "Pois olhe, com você seria possível enfrentar perigos, partir rumo a uma empreitada ousada, aventureira, uma jornada de descobrimento. Mas podemos também fazer coisas refinadas e virtuosas. Nessas suas veias corre sangue de dois tipos, o tenro e o intrépido. Com você, pode-se intentar tanto o corajoso como o delicado". "Senhor diretor", disse-lhe eu, "não me adule, porque isso é feio e desperta suspeita. E, ademais, alto lá! Cadê a história do seu passado, que o senhor há de lembrar que prometeu me contar?" Nesse momento, a porta se abriu de supetão. Era Kraus, que, sem fôlego, com o semblante bastante pálido, e incapaz de proferir o anúncio que obviamente trazia nos lábios, precipitou-se sala adentro. Fez apenas um gesto apressado, para que o seguíssemos. Penetramos, nós três, na escuridão da sala de aula. E o que vimos nos deixou paralisados.

No chão, jazia sem vida a senhorita. O diretor tomou-lhe a mão, mas, como se mordido por uma serpente, soltou-a e, dominado pelo horror, estremeceu e recuou. Depois, tornou a se aproximar da falecida, contemplou-a e outra vez se afastou, para, de novo, voltar a achegar-se. Kraus ajoelhou-se aos pés da srta. Benjamenta. Eu segurava a cabeça da professora com as duas mãos, a fim de que ela não precisasse tocar o chão duro. Os olhos ainda estavam abertos, não muito, mas como se piscassem, por assim dizer. O sr. Benjamenta os fechou. Também ele se ajoelhara no chão. Nenhum de nós disse palavra, mas não estávamos "mergulhados em pensamentos". Eu, pelo menos, não conseguia pensar em nada concreto. Estava, porém, muito tranquilo. Por mais vaidoso que isso soe, via-me dotado de bondade e beleza. Ouvia o débil murmúrio de melodias provindo de algum lugar. Linhas e raios de luz curvavam-se diante de meus olhos, para um lado e para outro. "Apanhem-na", o senhor diretor disse baixinho. "Venham. Vamos carregá-la para a sala de estar. Cuidado, oh, muito cuidado ao tocá-la. Com cuidado, Kraus. Pelo amor de Deus, não seja tão rude. Jakob, preste atenção, por favor. Sem bater em lugar nenhum. Eu ajudo vocês. Adiante, bem devagar. Assim. Alguém estique a mão e abra a porta. Isso, assim. Muito cuidado." Na minha opinião, suas palavras eram supérfluas. Carregamos a srta. Lisa Benjamenta até a cama, cuja coberta o diretor afastou com rapidez; lá estava ela, agora, de certo modo como me anunciara que estaria. Então chegaram os colegas de escola, e todos a viram, e ficamos ali, junto do leito. O senhor diretor fez-nos um sinal compreensível e nós, garotos e discípulos, começamos a cantar num coro abafado. Era o lamento que a senhorita desejara ouvir em seu leito de morte. Agora, assim imaginei, ela ouvia aquele canto suave. Para nós todos, creio eu, era como se estivéssemos em aula e cantássemos a um comando da professora, a quem sempre nos apressávamos tanto em obedecer. Terminada a canção,

Kraus destacou-se do semicírculo que havíamos formado e, algo lentamente mas com tanto maior convicção, pôs-se a dizer: "Dorme calma e docemente, venerada senhorita. Agora, estás livre das dificuldades, liberta do medo, das preocupações e dos destinos do mundo. (Tratava-a, à morta, por *tu*. Aquilo me agradou.) Cantamos à beira de teu leito, venerada, como nos ordenaste. Nós, teus pupilos, estamos agora abandonados? Assim parece, assim é. Tu, porém, que tão cedo partiste, jamais desaparecerás de nossa memória. Permanecerás viva em nossos corações. Nós, teus meninos, que ensinaste e governaste, vamos nos espalhar por esta vida volúvel e penosa em busca de ganho e acomodação, e é possível que nunca mais nos encontremos ou vejamos. Mas sempre pensaremos em ti, educadora, porque os pensamentos que nos incutiste, os ensinamentos e conhecimentos que plantaste em nós, esses, por si sós, sempre nos lembrarão de ti, criadora do que há de bom em nós. Quando estivermos comendo, o garfo nos dirá como gostarias que o segurássemos e manejássemos, e a consciência de nossa eterna compostura à mesa nos fará pensar em ti. Em nós, segues governando, ordenando, vivendo, educando, perguntando e ecoando. Um de nós, pupilos, logrando obter êxito maior na vida, talvez não deseje, ao reencontrá-lo, reconhecer um colega que ficou para trás. Por certo. Mas, então, sem querer, ele se lembrará do Instituto Benjamenta e de sua soberana, e sentirá vergonha de ter olvidado e renegado tão rápida e arrogantemente os princípios que tu lhe ensinaste. Por isso, sem nenhuma reflexão ulterior, ele estenderá a mão a seu colega, a seu irmão, a um ser humano. O que nos ensinaste, defunta senhorita? Sempre nos disseste que permanecêssemos modestos e solícitos. Ah, disso jamais vamos nos esquecer, assim como tampouco poderemos esquecer e superar a pessoa adorada que assim nos educou. Descansa em paz, venerada.

Sonha! Que belos devaneios sussurrantes te envolvam. Que a fidelidade, ditosa por estar a teu lado, dobre os joelhos diante de ti, e que o apego agradecido e a terna incapacidade de olvidar, ávida de lembranças, espalhem brotos, galhos, flores e palavras de amor por tua testa e por tuas mãos. Nós, teus pupilos, vamos agora cantar outra canção e teremos, assim, a certeza de haver orado junto a teu leito de morte, que será para nós um leito prazeroso, de alegre e dedicada memória. Foi como nos ensinaste a rezar, dizendo-nos: cantar é orar. Ouve-nos, pois, e te imaginaremos sorridente. Nossos corações se partirão por ver-te aí deitada, a ti, cujos movimentos eram para nós como a fonte vital de água fresca para o sedento. Sim, é doloroso. Mas haveremos de nos conter, como decerto é teu desejo que o façamos. Estamos preparados e, em obediência a ti, cantamos agora". Assim, afastando-se do leito, Kraus tornou a se juntar a nós, e cantamos outra canção, a qual também ressoou baixinho como a primeira. Depois, um a um, aproximamo-nos da cama, e cada um beijou a mão da mestra morta, cada discípulo dizendo-lhe algumas palavras. Hans disse: "Vou contar ao Schilinski. E o Heinrich também precisa saber". Schacht saudou-a: "Adeus, sempre foste tão boa para nós". Peter: "Vou seguir teus mandamentos". Depois, voltamos para a sala de aula, deixando a sós irmão e irmã, o diretor e a diretora, o vivo e a morta, o solitário e a solitária, o pesar e a perfeição, o sr. e a srta. Benjamenta.

Tive de me despedir de Kraus. Ele se foi. Uma luz, um sol desapareceu. Para mim, é como se, de agora em diante, só pudesse haver noite à minha volta e no mundo. Antes de se pôr, um sol lança seus raios avermelhados sobre a escuridão, e assim foi com Kraus. Antes de partir, ainda me repreendeu brevemente, e o verdadeiro Kraus tornou a resplandecer por inteiro uma última vez. "Adeus, Jakob. Procure mudar e melhorar", disse ele ao estender-me a mão, quase irritado por precisar estendê-la. "Estou indo embora, parto para o mundo, para servir. Espero que você logo tenha de fazer o mesmo. Decerto, não há de lhe fazer mal. Desejo-lhe safanões nessa cabeça sem juízo. Alguém há de puxar para valer essas suas orelhas mal-educadas. E faça-me o favor de não rir até na despedida. Se bem que isso combinaria com você. E quem é que sabe, afinal? Talvez este mundo seja tão insensato que vão acabar elevando você aos céus. Se assim for, vai poder continuar sendo o que é, permanecer tranquilo e insolente, com esse seu descaramento, essa sua teimosia, sua arrogância, sua preguiça ridícula, suas zombarias e toda sorte de maus hábitos. Aí, você poderá se vangloriar, até explodir, de tudo que não quis aprender aqui, no Instituto Benjamenta. Mas tenho esperança de que as preocupações e a labuta haverão de ensinar a você o rigor que aniquila todo vício. Veja, são duras as minhas palavras. E, no entanto, elas talvez sejam mais bem-intencionadas, irmão Engraçadinho, do que as daqueles desejosos de que a felicidade lhes caia no colo e entre pela boca aberta. Trabalhe mais, almeje menos. E mais uma coisa: trate de me esquecer de uma vez por todas. Só me irritaria acreditar que você ainda possa guardar de mim alguma lembrança remota, antiga, miserável, leviana como um 'se não venho hoje, virei amanhã'. Não, meu rapaz, lembre-se bem: Kraus não precisa de nenhuma zombaria do gênero Von Gunten." "Meu querido desalmado!", exclamei, repleto de angustiantes pressentimentos e das sensações próprias de uma despedida. Fiz menção de abraçá-lo. Ele, contudo, me impediu da maneira mais simples possível: afastando-se depressa e para sempre. "Se hoje ainda existe um Instituto Benjamenta, amanhã não mais", disse a mim mesmo em voz alta. Adentrei o escritório do senhor diretor. Sentia-me como se uma fenda ardente e abrasadora tivesse aberto o mundo de uma ponta à outra, diametralmente oposta. Com Kraus, partira metade da vida. "De agora em diante, outra vida!", murmurei. Em resumo, a questão é bem simples: eu estava tristonho e algo perplexo. Para que utilizar palavras grandiosas? Diante do diretor, curvei-me com mais formalidade que nunca e me pareceu conveniente dizer: "Bom dia, senhor diretor". "Está maluco, meu rapaz?", reagiu ele. Depois, veio ao meu encontro, e teria me abraçado se eu não o houvesse impedido desferindo um tapa no braço que ele me estendia. "Kraus foi-se embora", disse-lhe com toda a seriedade. Fizemos silêncio e limitamo-nos a contemplar um ao outro por um longo tempo.

"Hoje, arrumei colocações para todos os seus colegas", disse, então, o sr. Benjamenta num tom calmo e viril. "Só nós três vamos ficar aqui: você, eu e aquela que jaz lá dentro, na cama. A morta (por que não falar com tranquilidade sobre os mortos? Afinal, estão vivos, não estão?), virão buscá-la amanhã. É um pensamento feio, mas necessário. Hoje, ainda estaremos juntos, nós três. E vamos permanecer em vigília a noite inteira. Vamos conversar, você e eu, junto da cama dela. Quando me lembro do dia em que você chegou aqui, com seu pedido, sua exigência, sua solicitação para ser aceito na escola, sou tomado de uma inaudita vontade de viver e de rir. Tenho mais de quarenta anos. Isso é ser velho? Era, mas agora, com você aqui, Jakob, ter quarenta anos significa uma juventude verdejante, que brota com todo o vigor. Você, espírito juvenil, trouxe vida nova, trouxe a vida que me envolve e invade. Aqui, veja, neste mesmo escritório, eu me desesperava, minguava, enterrei-me por completo. Odiava, odiava o mundo. É indizível como evitava e odiava a existência, toda esta agitação, esta vida. E então surgiu você, jovem, burro, mal-educado e insolente, exuberante e perfumado de sentimentos incorruptos, e era natural que eu o repreendesse sem cessar. Logo de início, porém, soube que estava diante de um rapaz esplêndido, alguém que, assim me pareceu, havia caído do céu, como uma dádiva enviada por um deus onisciente. Sim, era de você que eu precisava, e sempre ria em segredo quando, de tempos em tempos, você entrava aqui para me importunar — não, para me fascinar com suas insolências e grosserias encantadoras, que a mim mais pareciam pinturas bem-acabadas. Calma, Benjamenta, calma. Diga-me uma coisa: você nunca notou que éramos amigos? Quieto! E, se diante de você eu preservava minha dignidade, minha vontade real era rasgá-la, fazê-la em pedaços. Com que delirante formalidade você, ainda agora, se curvou diante de mim! Ouça, o que foi, na verdade, meu recente acesso de fúria? Por acaso, quis fazer algum mal a você? Quis desferir em mim mesmo um golpe mortal? Talvez você saiba, Jakob. Sabe? Então, por favor, me esclareça agora mesmo. Você compreendeu de imediato! O que há comigo? O quê? Diga-me." "Eu não sei. Achei que o senhor havia enlouquecido, senhor diretor", respondi-lhe. Dava-me calafrios a enxurrada de ternura e vontade de viver que emanava dos olhos daquele homem. Silenciamos por algum tempo. De súbito, veio-me a ideia de lembrar o sr. Benjamenta de me contar a história de sua vida. A ideia era muito boa. Em certas circunstâncias, podia distraí-lo, impedir novos ataques homicidas. Naquele momento, eu estava firmemente convencido de que me encontrava nas garras de um semilunático, razão pela qual emendei mais que depressa, com o suor escorrendo pela testa: "Sim, e sua história, senhor diretor? Como fica? O senhor sabe que odeio alusões. Fez-me uma obscura alusão ao dizer que era um soberano destronado. Pois então. Queira, por favor, exprimir-se com mais clareza. Estou muito curioso". Embaraçado, ele coçou atrás da orelha. Depois, de repente, ficou bravo de verdade, de forma até mesquinha, e, à maneira de um sargento, ordenou: "Dispensado! Deixe-me a sós!". Não esperei que ele o dissesse uma segunda vez: desapareci de pronto. Será que algo lhe provocava vergonha ou desgosto, a ele, o rei Benjamenta, o leão enjaulado? De todo modo, eu estava feliz da vida por poder de novo me postar no corredor, à espreita. Silêncio total. Dirigi-me para o meu quarto, acendi um toco de vela e mergulhei na contemplação do retrato de minha mãe, o qual sempre guardara com cuidado. Mais tarde, bateram na porta. Era o diretor, todo vestido de preto. "Venha", ordenou-me com férrea austeridade. Fomos para a sala de estar, a fim de velar a desaparecida. Com um leve gesto de mão, o sr. Benjamenta indicou meu lugar. Sentamo-nos. Graças a Deus, eu pelo menos não sentia nenhum cansaço físico. O que muito me agradou. O rosto da falecida permanecera belo, sim, parecia mesmo ter se tornado ainda mais gracioso, e mais: com o passar do tempo, era como se cada vez mais beleza, comoção e graça se depositassem nele. Uma espécie de perdão sorridente para toda sorte de falta parecia pairar na sala de estar, ressoando baixinho. Guizalhava como um grilo. E imperava ali uma seriedade clara, luminosa. Nada, nada de sinistro. Senti uma beleza em mim, porque já o fato de estar ali, de vigília, já a tranquilidade que habita o cumprimento silente do dever, provocavam-me uma sensação agradável.

"Mais tarde, Jakob", o diretor tomou da palavra enquanto estávamos sentados ali, "mais tarde, conto tudo a você.

Afinal, vamos ficar juntos. Acredito firmemente, até mesmo com a firmeza de uma rocha, que você vai dizer sim. Amanhã, quando eu perguntar o que decidiu, você não vai dizer não, isso eu sei. Por hoje, o que tenho a lhe dizer é que não sou, de fato, um rei deposto. Quando disse isso, estava apenas me valendo de uma metáfora. Decerto, porém, houve um tempo em que este Benjamenta aqui, sentado a seu lado, sentia-se um soberano, um conquistador, um rei; um tempo em que a vida estava à minha disposição, em que todos os meus sentidos acreditavam no futuro e na grandeza, em que meus passos elásticos me conduziam nessa direção, como se por tapetes de pradarias e favorecimentos; um tempo em que era meu aquilo em que pusesse os olhos, em que desfrutava de tudo quanto, ainda que apenas por um instante fugaz, imaginasse, em que tudo estava pronto a me coroar de contentamento, a me ungir de êxitos e conquistas; um tempo, pois, em que, sem nem me dar conta, eu era rei, era grande sem que precisasse me aperceber disso. Nesse sentido, Jakob, estive nas alturas, isto é, era jovem e promissor, e nesse sentido é que perdi coroa e trono. Caí. E agora duvido de mim e de todos. Quando nos desesperamos e nos enchemos de pesar, Jakob, tornamo-nos miseravelmente pequenos, e cada vez mais mesquinharias se precipitam sobre nós, vorazes qual ágeis insetos, capazes de nos devorar bem devagar, de nos sufocar bem devagar, de nos desumanizar. Enfim, o que disse sobre ser rei foi uma figura de linguagem. Peço desculpas a você, meu pequeno ouvinte, se o fiz acreditar num cetro e num manto púrpura. Mas, na verdade, creio que, no fundo, você já sabia o que eu quis dizer ao balbuciar e suspirar reinados, não é mesmo? Você já se sente um pouco mais à vontade a meu lado? Quero dizer, agora que não sou mais rei? Sim, porque você próprio há de admitir que soberanos assim, quando obrigados a dar aulas, abrir um instituto etc., decerto se tornam criaturas sinistras. Não, não, eu apenas sentia orgulho e alegria em relação a meu futuro: essas eram minhas terras, meus rendimentos reais. Depois, passei muitos anos de desânimo e degradação. E agora sou de novo, ou começo a ser de novo, eu mesmo, e é como se tivesse herdado um milhão... Herdado um milhão? Que nada! Agora, é como se tivesse sido... alçado à condição de soberano e coroado. Ainda assim, os momentos sombrios, terrivelmente sombrios, volta e meia ressurgem, quando, então, vejo tudo negro, quando tudo parece odioso a meu espírito por assim dizer — entenda-me bem — enegrecido, calcinado. É nesses momentos que sinto ímpetos de dilacerar e matar. Oh, alma minha, mesmo sabendo agora disso tudo, vai ficar comigo? Será que, talvez por simples afeto humano ou por algum outro sentimento que lhe convenha, você seria capaz de desafiar o perigo que representa ficar comigo, com este monstro? Será capaz de enfrentar esse desafio? É tão teimoso assim? E não levará nada disso a mal? A mal? Ora, que besteira. De resto, já sei, Jakob, que vamos viver juntos. Está decidido. Para que, então, perguntar? Afinal, eu conheço bem meu antigo pupilo. Agora, Jakob, você não é mais meu pupilo. Não quero mais formar e ensinar: quero viver e, vivendo, revirar, carregar alguma coisa comigo, criar. Ah, é tão bom, tão magnífico padecer com um companheiro tão doce como você. Possuo agora o que desejava possuir e, por isso, sinto-me como se pudesse tudo, como se fosse capaz de suportar e padecer alegremente o que quer que seja. Chega de pensamentos, chega de palavras. Cale-se, por favor. Amanhã você me diz sua opinião, depois que me levarem essa vida que jaz aí na cama; depois disso, vou poder despir toda essa solenidade puramente exterior e transformá-la em outra, interior. Aí você me diz sim ou não. Saiba que agora é livre para decidir. Você pode dizer ou fazer o que quiser." Bem baixinho, trêmulo de vontade de assustar um pouco aquele homem que, para mim, se afigurava demasiado confiante, eu disse: "Mas e meu pão de cada dia, senhor diretor? Para os outros, o senhor providenciou abrigo, mas para mim, justamente para mim, nada? Acho estranho. Não está direito. Eu insisto. É seu dever encontrar-me um posto decente de trabalho. Exijo um posto e uma função". Ah, ele estremeceu. Levou um susto. Em meu íntimo, como eu me ria! Diabruras são o que há de melhor nesta vida. Com tristeza, o sr. Benjamenta respondeu: "Está certo. O correto é que, em decorrência do seu diploma, eu lhe arrume uma colocação. Claro, é isso mesmo. Mas... pensei... pensei que você poderia ser uma exceção". Como se tomado de inflamada revolta, protestei: "Exceção? Não sou exceção nenhuma! Jamais! Isso não combina com o filho de um membro do parlamento. Minha modéstia, minha origem familiar e minha sensibilidade me impedem de querer mais do que receberam meus colegas de escola". E, daí em diante, não disse mais nada. Agradou-me propiciar ao sr. Benjamenta visível inquietude, lisonjeira para mim. Passamos o resto da noite calados.

Mas, sentado ali em vigília, acabei sendo dominado pelo sono. Não dormi muito, estive meia hora, talvez, ou talvez um pouco mais, afastado da realidade. Sonhei (e o sonho veio do alto em minha direção, lembro-me bem, poderoso, lançando seus raios sobre mim) que estava numa planície montanhosa. Era uma pradaria recoberta de um aveludado verde-escuro. E toda ela bordada e adornada com flores, como beijos sob a forma de uma florada. Os beijos ora me pareciam estrelas ora, de novo, flores. Era a natureza e não era, imagem e corpo a um só tempo. Uma moça de beleza prodigiosa jazia na relva.

Quis me persuadir de que se tratava da professora, mas de pronto disse a mim mesmo: "Não, não pode ser. Não temos mais professora nenhuma". Bem, então só podia mesmo ser outra pessoa, e eu me via literalmente a me consolar, ouvia esse consolo, que dizia com toda a clareza: "Basta, chega de interpretar". A moça estava nua, túrgida e esplendorosa. De uma das belas pernas pendia uma fita, tremulando de leve ao vento que a tudo acariciava. A mim, pareceu-me que todo aquele sonho doce, brilhante qual um espelho, soprava e tremulava. Como eu estava feliz! Muito de passagem pensei "naquele homem". Pensava, é claro, no senhor diretor. E de repente o vi, no alto de um corcel, vestindo armadura negra cintilante, nobre, séria. A espada comprida pendia a seu lado, e o cavalo relinchou, desejoso de batalha. "Ei, veja só! O diretor a cavalo!", pensei, e gritei tão alto quanto podia, meu grito ressoando por desfiladeiros e abismos ao redor: "Tomei uma decisão!". Mas ele não me ouvia. Gritei, atormentado: "Ei, senhor diretor, escute!". Não, ele voltava-me as costas. Seu olhar mirava o longe, lá embaixo, a vida. Nem mesmo a cabeça girou em minha direção. Aparentemente para comprazer-me, o sonho agora rodava como uma carruagem. Avançava pouco a pouco, e aí nos vimos, eu e "aquele homem" — que não era outro senão o sr. Benjamenta —, em pleno deserto. Vagávamos e fazíamos negócios com os habitantes do deserto, tomados de uma animação deveras singular, de uma, eu diria, fria e grandiosa satisfação. Era como se estivéssemos afastados desde sempre — ou pelo menos fazia muito, muito tempo — daquilo a que chamam cultura europeia. "Ah-ah", pensei sem querer e, assim me pareceu, com razoável parvoíce. "Então era isso!" Mas o que era aquilo que pensei, isso não pude decifrar. Seguimos vagando. Surgiu, então, um bando de homens hostis, os quais, no entanto, dispersamos, sem que eu visse de fato como tínhamos feito aquilo. Ao longo desses dias de peregrinação, as regiões da Terra passavam por nós feito raios. Senti a experiência de décadas inteiras que passavam e acenavam, compridas décadas, difíceis de suportar. Que singular era aquilo tudo. Cada semana se parecia com uma pedrinha brilhante. Era ridículo e magnífico ao mesmo tempo. "Apartados da cultura, Jakob. Isso é fantástico, sabia?", dizia vez por outra o diretor, ostentando agora o aspecto de um árabe. Montávamos camelos. E os costumes que víamos nos encantavam. Havia algo de incompreensivelmente ameno e terno no movimento dos países. Sim, para mim, era como se os países marchassem, ou melhor, como se voassem. O oceano estendia-se majestoso, como um amplo mundo de pensamentos, azul e molhado. Ouvia ora o canto dos pássaros ora o urro dos animais ou o murmúrio das árvores sobre minha cabeça. "Então você veio mesmo comigo. Eu sabia", disse o sr. Benjamenta, o qual os indianos haviam alçado à condição de príncipe. Que incrível! Por mais exagerado que possa parecer, o fato é que fizemos uma revolução na Índia. E, aparentemente, o golpe tivera êxito. Viver era tão delicioso, eu podia senti-lo em todos os meus membros. Por toda a imensidão que contemplávamos, a vida reluzia como uma árvore com seus galhos e folhas. E que firmeza a nossa! Atravessando perigos e conhecimentos, patinhávamos como se nas águas de um rio que, embora gélidas, faziam bem ao calor extremo que abrigávamos. Eu era sempre o escudeiro; o cavaleiro era o diretor. "Está bem assim", pensei de súbito. E, assim pensando, acordei e olhei ao redor na sala de estar. O sr. Benjamenta também adormecera. Acordei-o dizendo: "Como pôde adormecer, senhor diretor? Permita-me dizer-lhe que me decidi a partir com o senhor, para onde quer que vá". Então, demo-nos as mãos, e aquilo significava muito.

Estou fazendo as malas. Sim, nós dois, o diretor e eu, ocupamo-nos agora em fazer as malas, fazê-las para valer, desmontando, arrumando, destacando, puxando e empurrando coisas. Vamos viajar. Pois muito bem. Esse homem está bem para mim, e já não me pergunto por quê. Sinto que a vida demanda emoção, e não reflexão. Hoje, despeço-me de Johann. Aqui, não deixarei nada. Nada me prende, nada me obriga a dizer "Que tal se eu...". Não, chega de que tais e de ses. A srta. Benjamenta jaz debaixo da terra. Os discípulos do instituto, meus colegas, dispersaram-se por diversos cargos e funções. E, se eu me arrebentar e me arruinar, o que se arrebentará e arruinará? Um zero à esquerda. Eu, indivíduo isolado, sou um zero à esquerda. Mas basta de empunhar a pena. Chega desta vida de reflexões. Vou para o deserto com o sr. Benjamenta. Quero ver se no ermo também não se pode viver, respirar, ser, querer e fazer o bem com sinceridade, e, à noite, dormir e sonhar. Que nada! Já não quero pensar em coisa nenhuma. Nem em Deus? Não! Deus estará comigo. Por que haveria de pensar n'Ele? Deus acompanha os que não pensam. Pois bem, adeus, Instituto Benjamenta.

O tradutor agradece o apoio do Colégio Europeu de Tradutores de Straelen (EÜK — Europäisches Übersetzer-Kollegium) e do Serviço Alemão de Intercâmbio Acadêmico (DAAD — Deutscher Akademischer Austauschdienst). *Jakob von Gunten* foi traduzido em Straelen, na Alemanha, entre os meses de outubro e dezembro de 2010.

1ª EDIÇÃO [2011] 2 reimpressões

ESTA OBRA FOI COMPOSTA EM MERIDIEN PELO ESTÚDIO O.L.M./ FLAVIO PERALTA E IMPRESSA EM OFSETE PELA GRÁFICA PAYM SOBRE PAPEL PÓLEN BOLD DA SUZANO S.A. PARA A EDITORA SCHWARCZ EM JULHO DE 2025

FSC
www.fsc.org
MISTO
Papel produzido a partir de fontes responsáveis
FSC® C133282

A marca FSC® é a garantia de que a madeira utilizada na fabricação do papel deste livro provém de florestas que foram gerenciadas de maneira ambientalmente correta, socialmente justa e economicamente viável, além de outras fontes de origem controlada.